합 ☆ 체

합 체

박지리 장편소설

사□계절

오래전, 한 난쟁이 아버지가
하늘로 작은 공을 쏘아 올렸다.
그 공은 어떻게 되었을까?

ㅣ

★

사람들은 아버지를 난쟁이라고 불렀다. 사람들은 옳게 보았다. 아버지는 난쟁이였다.* 사람들은 아버지의 모든 것을 옳게 보고 있었다. 난쟁이라는 것 외에, 사람들이 아버지에 대해 볼 수 있는 것은 아무것도 없었다.

"뛰어, 뛰어, 뛰어. 합체, 더 빨리 못 뛰어?"

5교시. 체육 선생의 고함 소리가 운동장에 가득 울려 퍼졌다. 소리를 지르는 것으로는 부족했는지 아예 합, 체의 뒤까지 바싹 쫓아와 호루라기를 삑, 삑 불어 댔다. 저만치서 피구를 하고 있던 여자애들이 얼굴을 찌푸리고 귀까지 틀어막았지만 체

---

* 조세희의 「난쟁이가 쏘아 올린 작은 공」 인용.

육 선생은 그칠 줄 모르고 더 크게 호루라기를 불었다. 합, 체의 꽁무니를 쫓는 모습이 꼭 봄맞이 토끼몰이에 나선 사냥개 같았다.

"삑, 삑, 삑―. 얼른 쫓아가야지, 얼른! 이 자식들, 그것밖에 못해? 특히 합체, 너희 계속 정신 안 차릴 거야?"

씨…….

합, 체는 아까부터 계속 뛰어다니고 있었다. 체육 수업이 시작된 후로 잠깐 쉬어 본 적도 없이 달리고 또 달렸다. 다른 애들이 체육 선생의 눈치를 봐 가며 딴청을 피울 때에도 합, 체만은 운동화 끈이 풀릴 정도로 사방을 누비고 다녔다. 그런데도 체육 선생은 꼭 합, 체 뒤만 졸졸 따라다니며 소리 한 번 지르고 호루라기 두 번 불고, 또 소리 한 번 지르고 호루라기 세 번을 불어 대는 것이었다. 고막이 터질 것 같았다.

"패스, 패스, 패스. 삐익, 야 합체, 패스를 해야지 거기서 슛을 던지면 어떡해? 삑, 삑, 삑―. 합체, 똑바로 안 해? 삐익, 삐이이익―."

씨……ㅂ.

체는 목구멍까지 치솟는 욕을 간신히 눌러 삼켰다. 이번에 슛을 던진 건 분명 합 혼자였다. 어정쩡한 자세, 축 늘어진 팔목, 자칭 3점 슛 도사인 체가 저런 터무니없는 슛을 쏠 리 없었다. 그런데도 체육 선생은 합, 체를 꼭 합체라고 부르며 둘을 한 세트로 깔아뭉갰다. 체는 체육 선생이 보지 않는 틈을 타 합의 팔을 뒤에서 확 잡아끌어 속삭였다.

"야, 너 진짜 똑바로 안 해? 너 때문에 나까지 욕먹잖아."

합은 가쁜 숨을 몰아쉬느라 대꾸도 제대로 하지 못했다.

"하, 하…… 마, 말 시키지 마. 주, 죽을 거…… 같으니까."

그 짧은 순간, 합, 체가 속삭이는 걸 눈치챈 체육 선생이 날 잡은 도살자마냥 길길이 날뛰며 호루라기를 불어 댔다.

"저 자식들, 저거, 저거. 삑, 삑, 삑—. 합체, 누가 경기하는데 니들끼리 잡담하래. 어디 신성한 체육 시간에, 운동장 열 바퀴 돌려 볼까? 진짜 한번 돌려 줘? 둘이 당장 안 떨어져! 삑, 삑, 삐이익—."

합체를 합, 체로 가르는 칼 같은 호루라기 소리. 합, 체는 부리나케 흩어져 다시 공을 향해 죽자 살자 뛰어들었다. 골대에 맞고 튕겨져 나온 공이 막 아이들 머리 위로 떨어지려 하고 있었다. 공 하나를 향해 해바라기처럼 펼쳐지는 수십 개의 손들. 구병진이 가장 먼저 리바운드를 잡고 깔끔하게 레이업 슛을 던졌다.

출렁.

"그래, 그래, 바로 저거야. 저 정도는 해 줘야지. 구병진, 나이스. 아주 잘했어."

체육 선생은 간만에 호루라기 대신 박수를 치며 환호했다. 구병진은 이 정도는 아무것도 아니라는 듯 어깨를 으쓱했다. 체육 선생의 사랑을 한 몸에 받는 총아다웠다. 체가 구병진과 체육 선생을 번갈아 노려보는 사이, 공은 벌써 반대편 골대로 넘어가고 있었다. 아이들은 공 하나를 두고 저쪽 골대로 우르르 달려갔다가, 또 이쪽 골대로 우르르 몰려오고, 이쪽에서 공을 찾아 우왕좌왕하다가 어, 이쪽이 아니잖아 하며 또 저쪽으로 왁자지껄하게 뛰어갔다. 합, 체도 아이들 사이에 섞여 정신 없이 이쪽저쪽으로 왔다 갔다 했다. 어디서 시작됐는지도 모를 땀이 온몸에 흘러내리고 축축하게 젖은 팬티는 자꾸만 가랑이를 간질였다. 운동장의 뿌연 흙먼지가 아지랑이처럼 아른 거렸다.

체육 선생은 무너져 가는 예체능 수업의 위신을 세우는 데 온 인생을 건 사람 같았다. 체육 수업 한 시간을 하고 나면 아직 가지도 않은 군대에서 훈련 받은 것처럼 온몸이 후들거렸다. 소싯적에 공포의 빨간 모자라는 별명을 가진 논산 훈련소 조교 출신이었다는, 프로 농구 입단 직전에 부상을 당해 어쩔 수 없이 비운의 체육 선생으로 전향했다는, 부인과 싸우고 난 다음 날에는 더 심하게 뺑뺑이를 돌린다는 소문이 선배에게서 후배에게로 전설처럼 전해지는 동안 빨간색 호루라기는 365일 단 하루도 체육 선생의 목에서 떨어지지 않았다.

허, 헉, 헉……

숨이 턱밑까지 차올랐다. 합은 조금만 더 뛰었다가는 그대로 쓰러져 버릴 것처럼 비틀비틀댔다. 그래도 체는 이를 악물고 공 뒤를 쫓아갔다. 한 시간 내내 죽을 듯이 뛰기만 했지 아직 공다운 공은 제대로 만져 보지도 못했다. 집에서는 눈감고도 던질 수 있는 3점 슛을 한 번도 던져 보지 못하다니. 더군다나 저 뒤에서 윤아가 보고 있는 것 같은데. 이대로 허무하게 경기를 끝낸다면? 쪽팔리다. 아니, 그냥 쪽팔리기만 한 게 아니다. 이건 수치다, 수치스러운 일이다.

절대 이렇게 끝내선 안 돼. 체는 어금니를 뿌드득 갈며 공의 위치를 찾았다. 마침 아이들 발 사이로 붉은 공이 튕겨져 오르는 게 보였다. 저거다. 체는 먹잇감을 앞에 둔 맹수처럼 공을 향해 쏜살같이 달려갔다. 다리 사이를 비집고 들어가 방해꾼들을 한 명 한 명 제친 뒤, 미식축구 선수처럼 몸을 던져 공을 가로채려는 바로 그때, 체의 손이 막 공에 닿으려는 바로 그 찰나,

따라라라라라라라라라라 따라라라 따라라.

"삐이이이익─. 그만! 수업 끝. 다음 시간에도 오늘처럼만 해 봐라. 그때는 반 평균이고 뭐고 점수 다 깎아 버릴 테니까."

구조 신호 같은 종소리가 울려 퍼지자마자 온통 땀범벅이 된 남자아이들이 일제히 운동장에 드러누웠다. 합도 욱신거리는 배를 움켜잡고 운동장에 벌러덩 누워 숨을 헐떡헐떡 몰아쉬었다. 그러나 체는 땀을 비 오듯 쏟으면서도 운동장에 멀거니 서 있었다. 두 콧구멍에서 뜨거운 김이 푹푹 뿜어져 나왔다. 어깨까지 들썩이며 씩씩거리던 체는 발 언저리에서 맴돌고 있는 농구공을 뻥 걷어차 버렸다. 하필이면 이 결정적인 순간에 종이 울려서⋯⋯. 5초만 있었어도 분명 골인이었는데.

쿵.

"합체 이 자식, 이게 축구공인 줄 알아. 왜 니가 못해 놓고 비싼 공에 화풀이야."

언제 왔는지 체육 선생이 체의 정수리를 쥐어박으며 말했다.

"전 합체가 아니라 첸데요, 체."

체가 머리를 문지르며 투덜댔다.

"그거나 저거나. 어차피 둘이 똑같아서 구별도 안 가잖아."

체육 선생은 체의 머리를 한 번 더 쿵 쥐어박더니 아직도 운동장 바닥에서 헐떡거리고 있는 합을 가만히 내려다보았다.

"……힘드냐?"

합은 눈이 반쯤 풀린 상태로 고개를 크게 끄덕거렸다. 체육 선생은 머리를 내저으며 혀를 찼다.

"쯧쯧, 한 놈은 공부만 할 줄 알지 체력은 꽝이고, 또 한 놈은 다혈질에 기만 펄펄 살아가지고. 합체, 니들은 이름대로 진짜 합체 좀 해야겠다. 또 아냐? 그러면 진짜 합체한 것처럼 키가 쑥쑥 클지. 지금처럼 쪼그매서야 어디 졸업할 때까지 공 한 번 넣어 보겠어."

체육 선생은 콧노래를 흥얼거리며 교무실 쪽으로 걸어갔다. 한 발 한 발 내디딜 때마다 목에 건 호루라기가 달랑달랑 흔들렸다. 체는 체육 선생의 뒷모습을 보며 수업 시간 내내 참아 왔던 욕을 내뱉고야 말았다.

씨발.

2

마을 뒷산에는 서쪽과 북쪽, 두 곳에 약수터가 하나씩 있다. 볕이 잘 드는 서쪽 약수터는 평일이고 주말이고 할 것 없이 성지 순례 터마냥 찾아오는 사람들 탓에 동네의 온갖 소문이 집결하는 마실방 노릇을 한다. 그러나 지반이 쑥 내려간 분지에 자리한 북쪽 약수터는 그러잖아도 부족한 햇빛에 몇 년 전부터는 물까지 마르기 시작해 병 고치는 물, 이라는 명성을 잃은 지 오래였다. 시간이 흐를수록 북쪽 약수터를 찾는 발길은 점점 줄어들었고, 지금은 그 넓은 분지에 들풀만 무성해 초행인 사람은 길을 잃기 십상인 황무지가 되어 버렸다. 그러나 봄은 온 누리에 공평하게 오는지라 황폐해진 북쪽 약수터에도 나른한 바람과 함께 꽃이 피고 새들이 지저귀기 시작했다. 그즈음이었다, 새들의 지절거리는 소리와 함께 소문이 나돈 것은.

"약수터 근처에 이상한 천막 하나 생긴 거 보셨어요?"

"천막이요? 일요일마다 약수터에 가는데 천막 같은 건 본 적이 없는데요."

"거기 약수터 말고 더 위로 가서 터널 근처에 있는 북쪽 약수터요."

"약수터가 하나 더 있었어요?"

"지금은 약수가 안 나오니까 약수터라고 할 수도 없죠. 아무튼 그쪽에도 약수터가 하나 더 있는데 아 글쎄, 누가 거기다가 천막을 짓고 산다네요."

"천막을 짓고 산다고요? 누가요?"

"글쎄요, 저도 직접 본 건 아니고 들은 얘기라서 잘은 모르겠지만 아무래도 외지 사람이겠죠. 집 있는 멀쩡한 사람이 아 왜 거기다가 천막을 짓겠어요."

"이 동네에서 산 지 십 년이 넘어가도록 천막 짓고 산다는 사람 이야기는 들어 본 적이 없는데, 확실히 세상이 어려워지긴 어려워졌나 보네요."

"누구는요. 하여튼 좀 꺼림칙한 건 사실이에요. 아 요즘 세상이 얼마나 흉흉해요. 애들 좀 조심시켜야겠어요."

"위험한 사람이래요?"

"아니요, 아직 그런 말은 없어요. 누군지는 잘 모르니까요. 그래도 조심하고 사는 게 좋지 않겠어요?"

희끄무레한 안개가 온 산을 휘감은 새벽, 산에는 새 울음소

14

리 하나 없는 고요가 흘렀다. 부지런한 산짐승들조차 아직 활동을 시작하지 않은, 동쪽 하늘에 샛별까지 반짝거리는 이른 시간.

그때였다. 푸르스름한 정적을 뚫고 천막의 한쪽 귀퉁이가 살짝 걷히더니 한 노인이 모습을 드러냈다. 백발에 흰 도복, 흰 고무신. 검은 것이라곤 새벽별을 받아 빛나는 두 눈동자뿐이었다. 노인은 천막에서 나오자마자 두 눈을 지그시 감고 고개 숙여 합장을 했다. 뭔가를 읊조리는 말소리가 새벽 안개를 따라 나지막이 퍼졌다. 잠시 후 찬찬히 눈을 뜬 노인은 천막 아래로 난 오솔길을 따라 사뿐사뿐 걸어 내려갔다. 걸음이 공중을 밟듯 가벼웠다.

노인이 멈춘 곳은 약수터 옆에 널찍하게 자리 잡은 공터였다. 비록 네트는 없지만 둘레를 따라 그려진 흰 선이 예전에 배드민턴 코트로 쓰였음을 짐작게 했다. 노인은 양발을 가지런히 붙여 모으고 다시 눈을 감았다. 갓 일어난 바람 한줄기가 나뭇잎들을 우수수 흔들었다. 그러나 노인의 자세는 전혀 흔들릴 줄 몰랐다. 백발 몇 가닥이 힘없이 허공을 휘저을 뿐, 노인은 석회 동상이라도 된 양 꼼짝 않고 서 있었다. 그렇게 얼마의 시간이 흘러가는데,

흐압.

노인이 우렁찬 기합 소리를 내뿜으며 두 눈을 번쩍 떴다. 그러더니 두 팔을 앞으로 쭉 뻗어 젖히고 열 손가락을 부채처럼

펼쳐 온 힘을 손가락에 모았다. 손가락 끝이 부들부들 떨리면서 기가 뿜어져 나오는 것 같았다. 노인은 연이어 힘찬 기합 소리를 내며 다리를 양옆으로 길게 찢고 팔을 등 뒤로 넘겨 반대로 교차했다. 팔꿈치를 꺾을 때는 뿌지직, 뿌지직 근육 찢어지는 소리까지 났다. 노인은 조금의 휴식도 없이 연이어서 물구나무서기를 하고, 공중으로 껑충 뛰어오르고 뒤돌려차기를 하며 흐압, 흐압, 흐압, 기합을 내뱉었다. 땅을 울리고 하늘을 가르는 움직임이 마치 무협지에서 전해 내려오는, 무림파들의 권법 같아 보였다.

하아.

노인의 몸에 불그스레한 열기가 나돌기 시작했다. 노인은 허리띠를 휙 풀더니 윗도리를 벗어 젖혀 나뭇가지에 턱 걸쳐 놓았다. 환하게 드러난 가슴팍에서 잔 근육들이 꿈틀댔다. 왜소하긴 하지만 노인 소리를 듣기에는 아쉬운 감이 있는 몸이었다. 젊은이 호칭을 듣는대도 가히 민망하지 않을 정도로 옹골찬 체구. 그러나 서리가 내린 듯 하얗게 센 머리털만은 영락없는 노인임을 알려 주고 있었다.

노인의 기합 소리가 산을 깨웠는지 동쪽 산등성이에 숨어 있던 아침해가 서서히 제 모습을 드러냈다. 눈부신 태양 한줄기가 노인의 구릿빛 몸에 반짝 부딪히자 목덜미에서 시작된 굵은 땀방울이 미끄러지듯 등허리로 굴러갔다. 노인은 그제야 후웁, 하고 깊은 숨을 몰아 내쉬며 동작을 멈추었다. 기합 소리가 사라지자 산속에 다시 고요가 찾아왔다.

휘이이.

바람에 꺾인 풀들이 일제히 한쪽으로 기울며 몸을 숙였다. 노인은 뒤를 돌아 태양과 마주했다. 바로 볼 수도 없는 눈부신 빛이 노인의 눈으로 쏟아졌다. 그러나 노인은 싸움을 거는 사람처럼 눈꺼풀 한 번 깜박하지 않고 태양을 노려보았다. 그러자 태양도 지지 않으려는 듯 더 강한 빛으로 노인을 쏘아 댔다.

잠시 후 노인은 두 손을 포개고 이마가 바닥에 닿을 정도로 자세를 낮추었다. 그리고 땅에 살포시 입을 맞추었다. 절을 받아 줄 사람은 한 명도 없는데 노인의 태도는 숨이 멎을 정도로 비장했다. 노인은 인간이 아니라 이 산을 향해 절하는 것 같았다. 아직 깨지 않은 나무들에게, 짐승들에게, 바람에게.

태양도 노인의 절을 흐뭇이 받았다. 아침이 왔다.

"여기서 뭐 하시는 겁니까?"

어느 평일의 정오, 천막 앞 바위 위에 가부좌를 튼 노인에게 한 남자가 말을 걸어 왔다. 등산복과 등산화, 등산 모자에 긴 지팡이까지 갖춘 등산객이었다. 노인은 눈을 감은 채로 말했다.

"온 마음을 한데로 모아 물을 부르는 중입니다."

"도를 닦으시는 겁니까?"

"도…… . 그렇게 부른다면 그런 것이겠지요."

남자는 지팡이를 나무에 세워 놓으며 감탄사를 내뱉었다.

"이야아, 아직도 그런 것이 남아 있었군요. 저 어릴 때만 해도 산에 가면 도 닦는 사람들이 심심찮게 있었는데, 요즘은 죄다 사이비밖에 없잖아요. 길거리에서 도를 믿으십니까 하는 사람들도 다 몇 푼 뜯어낼 생각밖에 없는 짜가들이고. 그런데 그냥 하는 말이 아니라 저 어릴 적엔 정말 그런 사람들이 있었거든요. 아, 혹시 방해가 안 된다면 제가 신기한 얘기 하나 해드려도 될까요?"

남자는 아예 노인 옆에 한 자리를 차지하고 앉았다.

"옛날에 저희 어머니가 그러셨는데요, 어느 날 한 노인이 저희 집 앞을 지나가면서 그랬답니다. 이 집에 곧 초상 치를 일이 있을 터인데 잘하면 두 짐승이 은혜를 갚겠구나. 아, 그러고 얼마 안 있어서 저희 아버지가 경운기에 다리가 깔리는 사고가 났지 뭐예요. 조금만 더 깊게 들어갔으면 그대로 경운기가 아버지 몸을 밟고 지나가 버렸을 겁니다. 그런데 그 순간 어떻게 된 일인지 외양간에 묶어 두었던 소가 탈출해서 경운기를 몸으로 들이받아 버린 거예요. 분명히 고삐가 묶여 있었는데 그걸 어떻게 귀신같이 풀고……. 그 사고로 소는 몸을 다쳐서 시름시름 앓다가 어느 날 팩 하고 죽어 버렸습니다. 알고 봤더니 임신 초기였다고 하더군요. 믿으실지 모르겠지만 저희 집에서는 그 소랑 뱃속에 있던 송아지가 아버지 대신 저승에 갔다, 그렇게 여기고 조상님 제사 때마다 함께 감사를 올리고 있습니다."

한번 시작한 이야기에 점점 흥이 나는지 남자의 목소리가 높아져 갔다.

"한 번은 이런 일도 있었습니다."

남자는 비밀 이야기라도 들려줄 것처럼 노인 곁에 바싹 붙어 앉았다.

"저희 시골집 앞에 우물이 있었는데요, 한 스님이 거기서 물을 한 사발 얻어먹으면서 '곧 있으면 우물에 물이 비겠구나' 하고 사라졌답니다. 모두 무슨 말인가 했죠. 비가 많이 와서 가뭄도 없었는데 우물이 빌 일이 뭐가 있겠어요. 아 그런데 어느날 비가 억수로 오는데, 저의 육촌 되는 아가씨가 물을 긷다가 우물에 빠져서 죽어 버렸지 뭐예요. 할 수 없이 우물물을 다 퍼낼 수밖에 없었죠. 그때 돼서야 그 스님이 했던 말이 생각났지 뭡니까. 정말 신통해요, 신통해."

남자는 자기 이야기에 스스로 취한 듯 혀를 내둘렀다. 그러나 노인은 남자의 이야기를 다 듣고도 여전히 아무 대꾸가 없었다. 더 해 줄 이야기가 없나 하고 골똘히 생각에 잠긴 남자는 노인이 아무 추임새도 넣지 않자 풀이 죽은 듯 입을 다물었다. 남자의 말소리가 사라지자 새 지저귀는 소리만 선명히 울려 퍼졌다. 잠시 후, 남자가 입맛을 쩝쩝 다시며 일어섰다.

"그럼 전 이만 가 봐야겠습니다. 제가 어르신 수양하는 데 너무 방해가 된 건 아닌지…… . 정진하십시오."

떠나는 말투에 서운한 기가 서려 있었다. 남자가 지팡이를 들고 몇 발자국을 떼려는데, 목에 힘을 잔뜩 준 점잖은 말소리가 들려왔다.

"살펴 가십시오. 댁에서 죽은 소가 인간 목숨을 살린 공로를 인정받아 신계에서 우신(牛神)으로 거듭났으니 너무 안타까워 하지는 마십시오. 앞으로 탐욕만 부리지 않고 주위 사람들에게 베풀고 사시면 자손들 앞길이 창창하겠습니다."

막 산길을 오르려던 남자는 얼른 뒤를 돌아보았다. 노인은 아까처럼 가부좌를 튼 상태로 눈을 감고 있었다. 남자는 지팡이를 한쪽에 버려 두고 노인에게 걸어와 크게 합장하고 고개를 숙였다. 그러더니 가방에서 봉지 하나를 꺼내 노인이 앉아 있는 바위 옆에 올려놓았다.

"약소하지만 드릴 것이 이것밖에 없어서……."

남자는 다시 한 번 합장을 한 뒤 바스락거리는 소리를 내며 산 저편으로 걸어갔다. 남자의 모습이 다 사라졌을 때쯤, 슬그머니 눈을 뜬 노인은 옆에 놓인 검은 봉지의 매듭을 황급히 풀었다. 맥반석 오징어에 호두와 땅콩 같은 견과류가 두둑이 들어 있었다. 노인은 마음에 찬 미소를 지으면서 천막으로 들어갔다.

사람 몸 하나 간신히 누일 만한 크기의 천막 안에는 살림살이 하나 없이 손때가 묻어 너덜너덜해진 책 몇 권이 전부였다. 노인은 책을 베개 삼아 바닥에 대자로 누운 뒤 오징어를 길게 찢어 질겅질겅 씹기 시작했다. 오징어를 다 삼킨 뒤에는 호두를 와드득 깨어 물고 땅콩은 공중으로 탁 튀겨 올려 혀로 날름

받아 먹었다. 그렇게 몇 번 땅콩을 올려 먹던 손이 점점 느려지고 눈꺼풀이 감겼다 떠졌다 감겼다 떠졌다…… 감겼다…… 떠졌다…….

쿠뤄렁컹컹.

깜짝 놀란 다람쥐가 들고 있던 씨앗까지 떨어뜨리고 나무 위로 줄행랑을 쳤다.

3

✩ ★ ✩

아버지는 난쟁이였다. 도시에는 아버지가 할 수 있는 일이 많지 않았다. 그래서 아버지는 일거리를 찾아 자주 출장을 가곤 했다. 하지만 다른 아버지들처럼 검은 양복에 구두를 신고, 네모난 007가방을 들고 가는 출장은 아니었다. 아버지는 양복 대신 주머니가 아주 많이 달린 조끼를 입었다. 앞에도 주머니, 뒤에도 주머니, 겉에도 주머니, 속에도 주머니, 주머니가 아닌가 싶어 들춰 보면 그것도 주머니, 설마 이건 아니겠지 싶어 손을 쑥 넣어 보면 설마가 사람 잡는다고 그것 역시 주머니. 아예 조끼 자체가 하나의 큰 주머니였다. 아버지는 조끼에 달린 주머니마다 바람 빠진 공을 차곡차곡 집어넣었다.

집을 나서기 전, 아버지는 트레이드마크인 조끼를 걸친 다음, 앞코가 오리 주둥이처럼 둥근, 우리가 간밤에 윤이 나게 닦아 놓은 맘보 구두를 신고, 천장에 닿을 듯 높이 솟은 영국 신사 모자를 썼다. 그러면 아버지의 출장 준비가 대충 끝났다.

아주 어릴 적, 우리는 아버지가 하는 일이 무엇인지 잘 몰랐다. 아버지 일이 무엇이냐고 물으니 엄마가 말했다.

"아버지는 예능인이시다."

"연예인?" 하고 되물으니 그 비슷한 것이라고 했다.

그래서 우리는 친구들에게 우리 아버지는 연예인이다, 라고 자랑하곤 했다. 그러면 에이 거짓말, 연예인인데 왜 텔레비전에는 안 나와? 꼭 그렇게 묻는 녀석이 한 명씩은 있었다. 우리는 연예인이긴 연예인인데 별로 안 유명한 연예인이라서 그렇다고 했다. 그러면 모두들 별말 없이 고개를 끄덕였다.

커서 알게 된 사실은 연예인과 예능인은 큰 차이가 있다는 것이었다. 더군다나 텔레비전에 나오는 예능인과 텔레비전에 나오지 않는 예능인은 더 큰 차이가 있었다. 아버지를 예능인이라고 부른 사람은 엄마뿐이었다. 엄마를 뺀 다른 사람들은 아버지를 난쟁이 쇼쟁이라고 불렀다.

동글동글한 공에 올라타 머리, 이마, 등, 어깨, 손, 사람의 몸 가운데 공을 올릴 수 있을 만한 곳은 어디든 공을 올리고, 빗장뼈, 가슴, 입술처럼 공을 올리기 힘든 곳에까지 기어이 공을 올리는 아버지. 그러고도 부족해 공을 더 달라고 재촉하는 아버지.

사람들 말이 맞았다. 아버지는 타고난 난쟁이였다. 그리고 타고난 쇼쟁이였다. 매일매일 셀 수도 없이 많은 공을 하늘로 쏘아 올리는.

4월은 잔인한 달. 체는 집에 오자마자 농구공을 들고 뒷산으로 뛰어갔다. 내일까지 단 1센티미터라도 더 크기 위해서는 아무도 모르게 특별 훈련을 해야 했다. 사람들을 피해 인적이 드문 곳을 찾아 헤매던 체는 길을 잃고 북쪽 약수터까지 흘러들어갔다. 잡초로 우거진 수풀들 가운데 잘 닦아 놓은 공터가 보였다. 그럭저럭 쓸 만한 코트였다. 체는 넓은 공터를 홀로 누비며 농구공을 튀기기 시작했다. 손은 가뿐하고 발놀림은 재빨랐다.

"체 선수, 허재 선수의 수비를 한쪽으로 제치고 뛰어갑니다. 어, 이런, 허재 선수가 넘어졌네요. 이제 체 선수 앞을 야오밍 선수가 막아섭니다. 체 선수, 뚫을 수 있을까요, 뚫을 수 있을까요. 아, 뚫었네요. 야오밍도 체 앞에서는 별거 아니네요. 만리장성 아무것도 아닙니다. 자, 이제 체 선수 3점 슛을 던지려는 모양인데 저 위치에서 3점 슛이 될까요. 안 될 것 같은데요. 말하는 순간 체 선수가 공을 던졌습니다. 높은 포물선을 그리면서 날아가는데, 아, 조던 선수가 막아 보려고 점프를 시도하는군요. 아, 아, 아, 손끝이 안 닿네요. 그대로 깨끗하게 골인. 체 선수, 역시 3점 슛 기계예요. 던졌다 하면 3점 슛입니다. 골~인."

중계 해설하랴, 허재, 야오밍, 마이클 조던 상대하랴, 얼마 뛰지도 않았는데 체의 이마에서 땀방울이 뚝뚝 떨어졌다. 공터를 빙 돌며 골 세레모니를 하던 체는 다리에 힘이 빠진 듯 땅바닥에 털썩 드러누워 버렸다. 파란 하늘이 속눈썹에 닿을 듯이 가까이 내려왔다. 티끌 하나 없이 푸른 4월의 하늘. 그러나 4월은 잔인한 달. 일 년 열두 달 중 잔인하지 않은 날이 없지만 4월은 그중에서도 가장 잔인하고 무섭고 섬뜩하고, 그래서 할 수만 있다면 달력을 북 찢어 없애 버리고 싶은 달. 종례 시간에 담임이 한 말이 하늘 가득 울려 퍼졌다.

"내일 신체검사하니까 남자들은 목욕도 좀 하고, 여자들은 손톱 좀 깎고. 특히 여자들, 한 끼 안 먹는다고 살 빠지는 거 아니니까 굶는다고 쇼하지 말고 밥 먹고 와라. 비실비실한 놈은 5킬로그램을 더 얹어서 적어 줄 테니까."

신 체 검 사.

파란 하늘에 신·체·검·사라는 네 글자가 떠워지는 순간, 체는 돌부리에 찔린 양 자리에서 벌떡 일어났다. 파랗던 눈앞이 캄캄해지며 귀밑으로 식은땀이 주르륵 흘렀다.

남자 중학교였을 때도 그렇게 놀려 댔는데 남녀 고등학교에서의 첫 신체검사라니. 더군다나 윤아가 보는 앞에서 키를 재야 한다니. 누가 맨 처음 신체검사라는 걸 만들었는지는 모르지만, 분명 히틀러보다 더 악독한 놈일 거야.

휴우우.

체는 땅이 꺼져라 한숨을 쉬며 손에 잡히는 돌멩이들을 마구잡이로 던지기 시작했다. 돌들은 건너편 수풀 속으로 휙휙 들어갔다. 그때였다.

"아고고고고고."

비명 같기도 하고 신음 같기도 한 야릇한 괴음. 체는 얼른 뒤를 돌아보았다. 소리가 난 곳은 잡목들이 우거진 공터 뒤쪽이었다. 나뭇잎들이 쓸리는 소리와 함께 비명 소리가 다시 한 번 튀어나왔다.

"아이고오오오오오."

체는 발소리를 죽인 채 살금살금 걸어가 어지럽게 얽혀 있는 잡목들의 이파리를 확 헤쳤다.

"누구야!"

사람이었다. 한쪽 발을 부여잡은 노인이 바닥에 나뒹굴며 울부짖고 있었다. 노인이 잡고 있는 왼쪽 발목에서는 검붉은 피가 철철 흘러나왔다. 체는 깜짝 놀라 노인 곁으로 달려갔다.

"할아버지, 무슨 일이세요? 다치신 거예요?"

"아이고, 나 죽네, 나 죽어. 대글빡이 이만 한 뱀이 여기를 콱 물고 도망가 버렸구나. 아이고, 나 죽네."

"잠깐만 기다리세요. 사람 좀 불러올게요."

체가 "여기요, 누가 좀 도와주세요" 하며 뛰어가려는데 노인이 체의 발목을 턱 잡아챘다.

"사람 불러올 사이에 사람 잡겠다. 어떻게 좀 해 봐라. 늙은

이 숨넘어가신다. 아이고, 아이고."

피를 철철 흘리는 노인이 그런 손아귀 힘은 어디서 나는지, 발목이 잡힌 체는 올가미에 걸린 어린 짐승처럼 옴짝달싹할 수 없었다. 체가 어떻게 해야 할지 몰라 우물쭈물하는 사이에 노인의 얼굴은 점점 퍼렇게 질려 갔고, 이대로 조금만 더 시간을 지체했다가는 정말로 무슨 큰일이 일어날 것 같았다. 아무리 둘러봐도 주위에는 도움을 요청할 만한 사람이 코빼기도 보이지 않았다.

에라, 모르겠다.

체는 무릎을 꿇은 뒤 노인의 발목에 입을 갖다 댔다. 입안에 상처만 없으면 입으로도 충분히 뱀독을 뺄 수 있다고 들었다. 발목을 빨자 들쩍지근한 피가 입으로 한가득 들어차며 비릿한 맛이 느껴졌다. 체는 얼굴을 찌푸리며 피와 침이 뒤섞인 액체를 풀밭에 훅 뱉어 냈다. 그렇게 한 번, 두 번, 세 번…… 피를 빨아 낼수록 노인의 발목을 적시던 검붉은 피가 차츰 멎기 시작했다. 뭐 묶을 거 없나, 상처를 덮을 만한 끈을 찾아 주위를 두리번거리던 체는 노인의 허리춤에 매어져 있는 하얀 띠를 발견하고는 허락도 없이 허리띠를 푼 뒤 피가 안 통할 정도로 발목을 꽉 동여맸다. 입에서 끄응 하는 소리가 절로 튀어나오고 손바닥에는 땀이 흥건히 맺혔다. 지혈까지 마치자 노인의 얼굴을 덮고 있던 푸른 기가 가시고 양 볼에서부터 붉은 혈색이 동그랗게 돌기 시작했다. 체는 졸였던 가슴을 쓸어내렸다.

이 정도면 응급 처치는 된 것 같았다.

"이제 좀 괜찮으세요?"

"그래, 이제야 숨 좀 쉬어지는 게 한결 낫구나. 그래도 내 아
직 걷기가 불편하니 저기 천막으로 부축 좀 해 줄 테냐?"

노인은 체의 대답을 기다리지도 않고 어깨에 팔부터 두르려
했다. 이번에도 손아귀 힘이 대단해 부축해 주지 않고서는 빠
져나올 방법이 없을 것 같았다. 간만에 좋은 일이나 하자. 체는
그렇게 생각하며 노인이 편안히 기댈 수 있도록 허리를 반 정
도 낮추어 주었다. 그런데 노인이 그 틈을 타 체의 등에 잽싸게
올라탔다.

"저, 저기요, 할아버지……."

당황한 체가 엉거주춤한 자세로 노인을 돌아보았다.

"왜, 싫으냐? 힘없는 노인이 뱀에 물려 다리가 성치 않은데
잠깐 업어 주지도 못해? 아이고, 온 삭신이 쑤시네. 콜록콜
록."

뱀에 물린 데는 분명히 발목인데 노인은 엉뚱하게 무릎을
부여잡으며 삭신이 쑤시는 시늉을 했다. 게다가 화창한 봄 날
씨에 생뚱맞은 기침 소리라니. 체가 허리를 굽힌 채 이러지도
저러지도 못하고 머뭇거리고만 있자 노인이 소리쳤다.

"어째서 출발을 안 하느냐? 옳거니, 시동을 걸어야 갈 모양
이구나. 이럇, 이럇."

노인은 체의 등에 꼭 매달린 채로 우마를 부리듯 엉덩이에

손 채찍질을 해 댔다. 찰싹, 찰싹, 손이 매웠다. 뭐 이런 영감이다 있어. 체는 기가 막혔지만 이미 등에 올라탄 노인을 메다꽂을 수도 없는 터라 할 수 없이 노인을 업고 천막이 있는 곳까지 올라갔다.

"저기, 저 바위 위에 앉혀 주어라. 내, 허리가 성치 않으니 갓난이 내려놓듯 조심, 또 조심히 내려놓아야 하느니라."

턱 끝으로 바위를 가리키는 품이 어린 몸종 부리듯 거칠 것이 없었다. 입이나 다물면 덜 얄미울 것 같구만. 체는 거친 숨을 씩씩 내뿜으면서도 노인이 원하는 대로 바위 위에 사뿐히 내려 주었다. 농구를 할 때보다 더 찐득한 땀이 이마에서 코로 주르륵 흘렀다. 체는 땀방울을 닦으며 얼굴을 젖혔다. 그제야 노인의 행색이 한눈에 들어왔다. 흰색 도복과 흰색 고무신, 일부러 염색이라도 한 듯 눈이 부시게 흰 머리. 겉보기에는 작고 마른 노인인데 목과 손에 핏줄이 툭툭 불거져 있고 가슴에는 실한 알통이 들어차 있었다. 힘없는 노인은 무슨, 맨손으로 뱀도 때려잡을 것 같구만. 더 있어 봐야 좋을 게 없을 듯해 체는 노인의 눈치를 힐끔 살폈다. 노인은 머리를 깊게 숙이고선 체가 풀어헤쳐 놓은 앞섶을 주섬주섬 정리하고 있었다. 노인이 옷에 정신이 팔린 틈을 타 체는 슬금슬금 뒷걸음질을 쳤다. 공터에 두고 온 농구공만 들고 잽싸게 뛸 생각이었다. 그때였다.

"저기 나무 아래 붉은 열매랑 그 옆에 손바닥 모양의 잎사귀 보이느냐? 그것 좀 따 와서 곱게 다진 후에 여기 발목에 붙여 주어라."

노인은 무슨 낌새라도 챈 듯 재빠르게 말했다.

"그건 또 왜요?"

체는 도망치다 들킨 것 같아 뜨끔하여 물었다.

"이놈아, 사후 관리라는 말도 모르느냐. 일을 시작했으면 애프터서비스를 철저히 해 줘야지, 이렇게 가 버렸다가 발목에 독이 덧나기라도 하면 어찌하느냐. 다리가 영 쓸모 없어지면 니가 남은 내 인생을 수발들어 줄 것이냐?"

체는 기가 막혔다. 애프터서비스는 얼어죽을. 기껏 도와줬더니 고맙다는 말은커녕 뭐? 사후 관리? 이게 그 뭐냐, 물에서 구해 줬더니 보따리 찾아내라는 그런 건가. 체는 못 들은 척 무시하고 냅다 도망가 버릴까 하고 망설였다. 이대로 달린다면 발목에 상처까지 난 노인이 뒤쫓아올 리는 만무했다. 그런데 그때, 발목에 감아 놓은 하얀 띠가 눈에 띄었다. 눈처럼 희었던 천에 붉은 핏물이 좀좀히 배어 나오고 있었다.

에잇!

도주를 포기한 체는 투덜대며 노인이 가리킨 나무로 걸어갔다. 붉은 열매를 매단 풀들이 고목 아래에 무더기로 피어 있었다. 체는 한 손 가득히 열매와 잎사귀를 따 와 물이 나올 때까지 곱게 돌로 빻은 뒤, 띠를 풀고 노인의 발목에 턱 붙여 주었다.

"아으, 시원하다."

노인은 들쑥날쑥한 이를 한가득 보이며 흡족한 미소를 지었다. 체가 시큰둥하게 물었다.

"이제 가 봐도 되죠?"

체의 말을 들었는지 못 들었는지 노인은 무릎을 탁 치며 자기 말만 늘어놓았다.

"내가 말이다, 수백 년 전에 계룡산에서 수행을 하다가 오지게 배가 고파서 뱀 몇 마리를 구워 먹은 일이 있었는데, 그 후로 어떻게 알았는지 지리산에 가도, 설악산에 가도, 동네 뒷산에 올라도 뱀들이 눈을 흘기고 달려들지 않겠느냐. 비록 미물이긴 하나 그 의리가 인간보다 훨씬 낫다. 내, 발목을 깨물고 도망간 건 얄미우나 어찌됐건 나에게 먼저 허물이 있으니 큰 아량으로 용서해 주기로 했느니라."

노인은 스스로의 자비심에 감격한 것마냥 흐뭇하게 고개를 끄덕였다.

누가 물어봤나, 용서를 하든 복수를 하든 맘대로 하십쇼. 체는 콧바람을 픽 불며 노인에게서 몸을 돌려 농구공이 있는 공터 쪽으로 발걸음을 옮겼다. 그때 노인이 뒤에 대고 말했다.

"두 어깨에 근심이 가득 쌓여 기가 꽉 눌려 있구나. 그러면 못써. 기는 통해야 하는 법이야."

"근심 같은 것 없습니다."

체는 돌아보지도 않고 대꾸했다.

"보아하니 고등학생 같은데 그 나이에 근심이 없다면, 그거야말로 근심해야 할 일이 아니더냐."

고등학생이라는 말이 귀를 파고드는 순간 체는 잽싸게 몸을 돌렸다.

"할아버지 눈에는 제가 고등학생으로 보이세요?"

"그럼 고등학생으로 보이지 왜, 고등어로 보일까 걱정이느냐?"

노인은 허리까지 젖혀 껄껄껄 웃어 댔다. 목젖까지 보이며 웃는 모습이 도저히 방금 전 뱀한테 물려 나 죽네, 나 죽네 하던 노인으로는 보이지 않았다. 체가 놀란 얼굴로 말했다.

"아, 아니, 지금까지 아무도 저희를 원래 나이대로 봐 주는 사람이 없었는데 할아버지는 단번에 맞히시네요."

"그래? 그럼 한 번 더 놀래켜 주랴? 어디 보자…… 그래, 너랑 똑같은 얼굴이 하나 더 있구나."

"……."

체는 입을 버엉 벌린 채 눈만 껌벅거리며 노인을 올려다보았다.

"내가 제대로 맞혔나 보구나. 예끼, 이놈, 그래도 입은 다물어야지. 찍새가 그 입에 똥이라도 찌익 갈기면 어쩌려고 그러느냐?"

노인은 바위까지 두드려 가며 또 껄껄껄 웃어 젖혔다. 체는 침을 꿀걱 삼킨 후 노인에게 한 발자국 다가갔다.

"할아버지는 뭐 하는 분이세요?"

노인은 먼저 크험, 기침 소리를 냈다. 그러고는 얼마 있지도 않은 턱수염을 곱게 쓰다듬으며 입을 열었다.

"나로 말할 것 같으면…… 나는 약수도사니라."

"약수도사요? 약수도사가 뭔데요?"

"아 이놈아, 약수터에서 활동하면 약수도사지, 별게 약수도 사냐? 허나, 약수도사는 부업이고, 본업은 계도사니라."

"개도사요?"

"이놈 보게, 주둥아리가 아주 상스럽구나. 개도사가 아니라 계도사니라. 입술을 그렇게 쫙 찢지 말고 품위 있게 오므려서 계, 해 보아라."

체는 아래턱을 천천히 내리며 혀에 힘을 주었다.

"계, 계."

"옳지, 잘하는구나. 바로 그 계도사니라. 주로 계룡산에서 있다가 세상이 날 부르면 여기저기 약수터로 인간사를 구경하고 다니느니라."

"좋으시겠네요, 걱정 없이 여행만 다니셔서."

"아 왜 걱정이 없어. 옛날에는 장날에 손금 한번 봐 주면 공짜 국밥은 질리게 얻어먹어 끼니 걱정은 안 하고 살았는데, 요즘은 장은 다 없어지고 죄 빌딩뿐이니 밥 굶는 날도 허다하다. 내 이러고 살다 보니 먹고사는 문제가 사람들이 끌고 다니는 개만도 못하게 됐구나. 요즘 보니 개새끼들도 옷을 입고 껌까지 짝짝 씹고 다니드만. 아, 어찌 세상 인심이 이리 됐누."

체가 관심 없다는 듯 샐쭉한 표정을 짓자 노인이 얼른 화제를 돌렸다.

"그런데 너는 무슨 고민으로 그렇게 어깨를 축 늘어뜨리고 다니는고?"

체는 노인의 실력을 더 알아볼 심산으로 어깃장을 놓았다.

"도사님이라는 분이 그 정도도 못 맞히시나요? 안 보시고도 쌍둥이 형제까지 있다는 것도 맞히셨으면서."

"이놈이 이제 퉁까지 쏘는구만."

노인은 주먹으로 체의 이마를 콩 쥐어박았다. 소리는 가벼웠는데 이마가 금세 부풀어오르며 빨간 혹이 생겼다. 체가 입술을 실룩거리는데도 노인은 미안한 기색 하나 없이 체를 위아래로 쭉 훑으며 입을 열었다.

"아 세상 만물이 다 같으면 그건 공장에서 찍어 낸 복제품 아니겠느냐. 긴 놈이 있으면 짧은 놈이 있고, 점 난 놈이 있으면 안 난 놈이 있고, 대머리가 있으면 장발이 있고, 그게 이 우주의 순리 아니냐."

체는 입도 뻥긋하지 않은 자기 속마음을 습자지 댄 듯 꿰뚫어 보는 노인에게 내심 놀랐지만 놀라움은 곧 불만으로 바뀌었다.

그 우주의 순리란 놈은 도대체 나한테 무슨 원한이 있어서 하필이면 나를 짧은 놈으로 만들어 놨느냐고요. 세상 천지에 긴 놈도 쌔고 쌨는데.

체가 이마에 난 혹을 문지르며 중얼중얼대는데 주머니 속에서 띠링, 전자음이 울렸다.

─체, 어디 갔어. 저녁 먹게 빨리 와.

엄마의 메시지였다. 그러고 보니 어느새 날이 어둑해져 있
었다. 체는 노인에게 허리를 굽혀 정중하게 인사했다.

"도사님, 전 이제 가 봐야 해서…… . 안녕히 계세요."

농구공을 주워 가려고 다시 공터로 향하는 체에게 노인이
크게 외쳤다.

"너는 내 생명의 은인이니 근심이 있으면 혼자 앓지 말고 나
를 찾아오너라. 내, 힘이 닿는 한 너를 도와줄 터이니."

그러시면 생명의 은인을 위해 내일 학교에 불 좀 질러 주실
래요? 체는 돌아서서 이렇게 말하려다가 그만두었다. 학교에
불이 나도 운동장에 집합시켜, 아니 한밤중에 집으로까지 찾
아와 기어코 키를 재고 말 것이다. 신체검사란 게 그렇게 질기
고 독한 놈이다, 매년 4월에 잊지 않고 돌아오는 것을 보면.

체는 농구공을 주워 들고 터벅터벅 집으로 향했다. 산으로
넘어가던 해가 공터를 비추자 체의 발끝에 부드러운 그림자가
매달렸다. 오후의 태양이 만들어 주는 그림자는 체를 거인처
럼 길게 늘어뜨려 놓고 있었다.

다음 날, 체는 지금 막 기구에 오르는 아이를 힐끔 보았다.
쟤는 178 정도겠군.

담임이 말했다.

"178."

체의 눈에는 눈금이 달려 있어 누구나 한 번 보면 키 얼마 얼마가 자동으로 튀어나왔다. 오랜 내공으로 쌓인 기술이었다.

"아, 졸라. 이젠 성장이 멈췄나 봐. 180은 넘어야 하는데."

내가 178만 됐어도. 체는 잠깐 그런 생각을 하다가 고개를 저었다. 세상에서 가장 실속 없는 상상이었다. 체의 앞줄에 선 아이들은 서로의 실내화를 가지고 투닥거리고 있었다.

"야, 너 깔창 깔았냐?"

"씨, 조용히 해."

"어차피 실내화 벗고 재야 하는데 깔창 깔면 뭐 하나?"

"내 맘이야. 너도 운동화에 깔창 깔잖아."

드디어 체의 차례가 왔다. 실내화를 벗으니 1센티미터는 더 줄어든 것 같았다. 체는 담임이 눈치채지 못하게 뒤꿈치를 슬쩍 들어올렸다.

"오체, 발 내려라."

담임은 어떻게 알았는지 체의 정수리에 막대기를 탁, 내리꽂으며 말했다. 망치에 맞은 못처럼 키가 다시 줄어들었다. 투덜거리며 기구에서 내려오는 체. 다음은 합의 차례였다. 합은 별다른 요령 없이 정직하게 키를 쟀다. 앞에 서서 구경하고 있던 아이들이 킥킥거리며 물었다.

"합체, 키 좀 컸냐?"

"둘이 더해야 일인분 나오는 거 아냐?"

일인분, 이라는 말에 모여 있던 아이들이 와하하, 웃어 젖혔다. 평소에는 잘 웃지 않는 담임까지 피식, 바람 빠진 소리를 냈다. 합, 체는 못 들은 척 무시하며 자리로 돌아갔다. 그런데 체는 귀밑이 빨개지면서 자꾸 눈물이 나오려고 했다. 여기서 우는 모습을 보였다가는 졸업할 때까지, 아니, 이십 년 후 동창 모임에서까지 놀림거리가 될 게 뻔했다. 절대 눈물을 보여선 안 돼. 체는 머리를 식히기 위해 창문 밖으로 얼굴을 내밀었다. 하늘은 어제처럼 푸르렀다. 합, 체의 키도 작년과 한 치의 오차도 없이 똑같았다. 소수점 뒷자리의 작은 숫자들까지도.

4

☆ ★ ☆

아버지는 난쟁이였다. 공을 가지고 노는 게 일인 아버지에게는 당연히 공이 아주 많았다. 큰 공, 작은 공, 가벼운 공, 무거운 공, 낡은 공, 새로 산 공, 줄무늬가 새겨진 공, 아무 무늬 없는 공.

남녀노소 모든 사람들이 아버지의 공을 좋아했다. 남녀노소란 말 그대로 정말 남녀노소를 가리키는 말이었다. 아버지의 주된 고객은 할아버지, 할머니, 할아버지가 데려온 손자손녀, 할머니가 데려온 손자손녀였다. 공연이 끝나면 모두 무대로 달려와 아버지의 공을 만져 보려고 했다. 아버지의 공은 탱탱하고 부드럽고 매끈했다. 아버지는 사람들이 자신의 공을 좋아해 주는 것을 매우 기뻐했다. 그러나 우리가 그 공을 만지는 것은 아주 싫어했다.

"합, 체, 너희들 거기서 뭐 하냐. 얼른 내려와라, 얼른."

우리도 아버지의 공들을 매우 좋아했기 때문에 하늘로 던져보기도 하고 콩콩거리면서 위에 타 보기도 했다. 그러면 아버지는 질색을 하며 공을 빼앗아 갔다.

"아버지, 왜 그러세요?"

"니들은 이런 거 갖고 노는 거 아니야."

"아버지는 갖고 놀면서."

"이건 애들이 갖고 노는 거 아니래도."

우리는 아버지의 말이 이해가 되지 않았다. 애들이나 좋아할 공을 갖고 노는 사람은 정작 나이 든 아버지였기 때문에.

"다른 애들은 만지게 해 주잖아요."

"개네들은 아버지 관객이잖아. 관객으로 와서 잠깐 만지는 거는 괜찮지만 이렇게 오래 만지는 건 안 돼. 이건 너희들 공이 아니니까."

우리는 그 말도 이해가 되지 않았다. 그래서 아버지는 아들들한테 자기 공을 나눠 주기 싫어하는 짠돌이 아버지다, 라고 생각한 적도 있었다. 그러나 그 생각은 오래 가지 않았다. 공을 제외하면 가장 큰 갈치 토막도, 닭다리 두 개도 언제나 우리 몫이었다.

아버지는 출장을 가지 않는 날이면 집 뒷마당에서 공놀이 연습을 하곤 했다.

"아버지, 공 위에 올라가니까 키가 훨씬 커 보여요. 다른 사람들도 이걸 봐야 하는데. 그럼 아무도 아버지보고 난쟁이라고 하지는 못할 거예요."

아버지는 자기 몸집보다 큰 공에 뛰어올라 앞뒤로 힘차게 달려갔다. 저러다 떨어지면 어떡하지 하는 걱정으로 손에 땀이 맺혔지만 우리가 알기로 아버지는 단 한 번도 공에서 떨어진 적이 없었다. 공에서 달리는 것만으로는 부족했는지 아버지는 작은 공 다섯 개를 빙빙 돌려 가며 저글링까지 했다. 그리고 마지막에는 꼭 그 공들을 하늘로 높이 쏘아 올렸다. 그게 아버지 공연의 피날레였다.

짝짝짝.

우리는 힘찬 박수를 보냈다. 그때, 아버지는 알 수 없는 미소를 지으며 우리에게 말했다.

"합, 체, 니들은 아버지가 가지고 노는 이런 공 말고, 너희들의 공을 찾아야 해. 너희만의 진짜 공."

체에게는 형이 한 명 더 있었다.

살짝 비뚜로 쓴 베레모, 그 가운데서 빛나는 별, 먼 데를 향한 눈빛, 헝클어진 곱슬머리.

체는 형의 얼굴이 눈에 뜨일 때마다 말을 걸었다.

"형."

합이 뒤를 돌아다보며 대꾸했다.

"왜?"

"누가 너 불렀냐?"

합은 그러면 그렇지 싶었다. 웬일로 형이라고 부르나 싶었는데 병이 또 도졌군. 합은 한심하다는 얼굴로 혀를 쯧쯧 찼다. 합이 그러든 말든 체는 책상 벽에 붙여 둔 사진에서 시선을 뗄 줄 몰랐다. 체는 매일 그 사진을 향해 학교에 갈 때는 잘 다녀올게요, 학교에 다녀와서는 잘 다녀왔어요, 인사를 하고, 얼마 전처럼 특별한 일이 있을 때는 형, 내일 학교에서 신체검사한다는데 가기 싫어 죽겠어요, 어떡하죠? 하는 고민 상담까지 했다. 합은 체 머리 너머로 붉은색의 그 사진을 힐끔 쳐다보았다.

체 게바라.

중학교 시절 어느 일요일, 낮잠이나 잘까 하고 방에 누워 있던 체는 갑자기 "체, 체, 체" 하는 환호성을 들었다. 무슨 소리야 이게, 갑자기 누가 날 부르지? 체는 자리에서 벌떡 일어나 밖으로 나가 보았다. 합이 거실에서 텔레비전을 보고 있었다.

"니가 나 불렀어?"

"아니."

체는 부엌에 있는 엄마에게 물어보았다.

"엄마가 나 불렀어?"

"아니."

그때, 또 그 소리가 들렸다.

체, 체, 체.

체는 뒤를 돌아보았다. 텔레비전에서 이국적인 얼굴의 사람들이 목이 터져라 함성을 질러 대고 있었다.

"체, 체, 체."

감격에 겨워 눈물을 흘리는 노인, 깃발을 든 청년, 베레모를 쓴 아이들. 군중들은 한 남자의 얼굴이 박힌 사진을 십자가처럼 떠받들며 파도 치듯 앞으로 보내고 있었다. 체는 텔레비전 앞에 바짝 다가가 그 남자의 얼굴을 자세히 들여다보았다. 별이 새겨진 모자와 깊은 눈동자, 헝클어진 머리, 생전 처음 보는 얼굴이었다. 리포터가 인파 중의 한 명을 붙잡고 인터뷰를 시도했다.

"아직까지도 사람들이 체 게바라에게 열광하는 이유가 무엇입니까?"

베레모를 쓴 남자가 고함을 지르며 말했다.

"체 게바라는 혁명 그 자체입니다. 이 세상은 아직도 부조리 투성이예요. 힘 있는 자가 약한 자를 착취하고, 세계화라는 이름 아래 미 제국주의가 라틴 아메리카와 아시아, 아프리카를 좀먹고 있습니다. 다 뒤집어야 합니다. 형제들, 혁명을 해야 합니다. 지금의 현실에 이대로 쓰러져서는 안 됩니다. 체는 아직도 우리들 가슴속에 살아 있습니다. 체 만세, 만세, 만세."

인터뷰를 마친 남자는 다시 행진 속으로 빨려 들어갔다. 이전보다 더 큰 함성이 터져 나왔다.

체, 체, 체.

체의 가슴이 터질 듯 울렁댔다. 혁명이란 말이 가슴에 콱 박혀들었다. 무슨 혁에 무슨 명인지는 모르지만 어쨌든 이 세상을 다 뒤집어엎어서 새로운 세상을 만들어야 한다는 뜻이란 건 알아들었다. 다 뒤집어엎고 새로운 세상을 만든다, 그러면 키 작은 놈은 커지고, 키 큰 놈은 작아지고, 못생긴 놈은 잘생겨지고, 잘생긴 놈은 못생겨질 수도 있다는 것인가, 그게 혁명인가. 체의 가슴에 불이 붙었다. 세상을 뒤집어 버리는 혁명을 이룬 남자, 죽어서까지 예수처럼 떠받들어지는 남자, 그 남자 이름이 체다. 나도 체다. 그래, 이제부터 저 남자를 형님으로 모시는 거다.

체는 다음 날 문방구에서 체 게바라의 사진을 샀다. 가까이서 보니 쑤욱 들어간 눈빛이 많은 것을 이야기해 주는 듯했다. 볼수록 혁명에 어울리는 얼굴이라는 생각이 들었다. 체는 체 게바라의 사진을 정성스럽게 코팅까지 한 후 책상 벽에 탁 붙였다. 그리고 불러 보았다. 형! 체 게바라 형! 친근하게 부를 때는 그냥 게바라 형이라고도 했다. 게바라 형!

Che라고 영문 이름을 썼을 때 누군가 와서 체 게바라랑 이름이 같네, 라고 말해 주길 기다렸건만 아무도 그러는 사람이 없었다. 체는 슬그머니 짝에게 물어보았다.

"너 저번 일요일에 체 게바라 다큐멘터리 봤나?"

어, 너랑 이름이 같잖아. 체는 가슴을 두근거리며 그 말을 기다렸다. 그런데,

"뭐? 책의 바다? 제목부터 졸라 졸리네. 넌 일요일에 그딴

거나 보고 있냐?"

짝은 귀를 후비며 대답했다.

무식한 놈.

체는 귀지를 후, 날리는 짝을 한심하다는 듯 바라보았다. 어떻게 이 나이가 되도록 체 게바라를 모를 수가 있냐, 니 가슴엔 혁명이라는 불꽃도 없냐. 체는 "책의 바다가 뭔데?"라고 끈덕지게 묻는 짝에게 "됐다, 됐다" 하며 고개를 돌렸다.

체 게바라에 대해 공식적으로 언급한 사람은 중학교 3학년 사회 선생 이철민이었다. 기회가 되면 다이너마이트를 등에 지고 국회로 돌진하겠다는 발언을 해 아이들 사이에서 싸이코라고 불리는 사람이었다. 언제나 솔선수범으로 운동장에 떨어진 쓰레기를 줍고 다녔으며 아이들에게 존댓말을 썼다.

"여러분이 교사에게 존댓말을 쓰듯, 교사들도 학생들을 존중해서 존댓말을 써야 한다는 게 제 지론입니다."

아이들 반응은 시큰둥했다. 존댓말을 쓰든 "야, 이 새끼야" 하든 시험 문제 쉽게 내 주는 게 진짜 학생들을 존중해 주는 거라고 뒷말들을 했다. 어느 오후의 수업, 사회 선생이 말했다.

"젊을 적, 체 게바라에게 빠졌던 적이 있습니다. 그러나 안타깝게도 체는 너무 일찍 죽었어요. 하지만 여러분, 죽었다고 끝이 아닙니다. 아직도 체의 정신은 살아 있어요. 그 시절엔 저도 혁명을 한다고 했는데 나이도 먹고 가정도 생기니 계속 혁명, 혁명만 외치기도 힘들더군요. 그러니 다음 세대는 여러분입니다. 여러분이 혁명을 이루어야 해요. 세상이 잘못 돌아가고 있는 것을 그냥 보고만 있으면 안 돼요. 뛰어들어야 해요. 뛰어들어서 뜯어고쳐야 합니다. 그게 체의 유언이에요."

쿵.

사회 선생이 주먹으로 칠판을 때리는 순간 들고 있던 분필이 반으로 뚝 부러져 버렸다. 그 소리에 꾸벅꾸벅 졸고 있던 아이들 몇몇이 "뭐야, 뭐야, 무슨 일 났어" 하고 침을 닦으며 일어났다. 사회 선생은 부러진 분필로 칠판에 한 자 한 자 써 나갔다. 그리고 시간을 들여 별을 새하얗게 칠했다.

CHE ★.

체의 가슴이 또 두근댔다. 내 이름이다. 내 이름 옆에 별이 있다. 한바탕 연설을 마친 사회 선생은 수업을 진행하기 위해 다시 교과서를 펼쳐 들었다. 그때였다.

"빨갱이."

사회 선생은 교과서를 내려놓고 아이들을 쭉 둘러보았다.

"누구죠?"

아이들도 웅성거리며 목소리의 행방을 찾고 있었다.

"괜찮으니까 말해 봐요. 방금 누가 그런 거죠?"

모두 서로의 눈치를 보고 있는데 체 앞자리에 앉은 아이가 슬그머니 손을 들었다. 목소리는 교실의 정적을 깨뜨릴 정도로 날카로웠는데 손은 쭈뼛쭈뼛 반도 들지 못했다. 사회 선생은 손을 든 아이 쪽으로 천천히 걸어와 가슴에 달린 명찰을 보며 이야기했다.

"박명호, 명호는 왜 그렇게 생각하지요?"

박명호는 사회 선생을 쳐다보지도 못하고 고개를 숙인 채 대답했다.

"혁명이니 데모니 그런 건 빨갱이들이나 하는 말이라고 했어요."

멀리 있는 사람은 듣지도 못할 정도로 작은 목소리였다. 사회 선생은 가벼운 미소를 지으며 말했다.

"내가 명호를 오해하게 한 것 같네요. 혁명을 꼭 정치적으로만 해석할 필요는 없습니다. 물론 역사에 남는 혁명은 주로 정치와 관련된 것이지만. 제 생각은 이렇습니다. 환경을 위해 분리 수거에 앞장서는 것도 혁명이고, 고생하시는 부모님 생각해서 열심히 공부하는 것도 혁명이고, 친구와 싸운 후 먼저 사과를 하는 것도 혁명입니다. 저는 꿈을 가진 사람이 꿈을 이루기 위해 노력하는 게 혁명이라고 생각합니다. 혁명은 빨간 머리띠에 있는 것이 아니라 붉은 피가 만들어지는 바로 여기, 여기에 있습니다."

사회 선생은 주먹으로 자신의 왼쪽 가슴을 툭툭, 쳤다.

"명호 학생 가슴에도 혁명이 있습니다."

고개 숙인 박명호를 뒤로 하고 사회 선생은 다시 교탁으로 가 교과서를 들었다. 수업이 다시 시작되었다.

"현대 사회에서 발생하는 아노미 현상은 개인의 자아가 사회가 변하는 속도에……."

"빨갱이새끼."

이번에는 박명호의 짝과 체만 들을 수 있을 정도로 작은 목소리였다. 체는 하마터면 박명호의 뒤통수를 확 갈겨 줄 뻔했다. 이 자식아, 빨갱이만 혁명하는 거 아니라잖아. 분리 수거도 혁명이고 공부하는 것도 혁명이라잖아. 니 눈에는 저 별이 안 보이냐. 하지만 손이 진짜로 나가지는 않았다. 그 대신 졸업할 때까지 두고두고 박명호를 노려봐 주었다.

"그만 좀 하고 나와. 늦으면 그 형이 책임져 준대?"

작별 인사가 길어지긴 했다. 체는 의자에서 일어나며 마지막 인사를 했다.

"게바라 형, 수학여행 갔다 올 동안 집 잘 지키고 있으셔야 해요."

그러나 게바라 형은 아무 말이 없었다. 언제나 그리운 눈길로 먼 데만 바라보고 있을 뿐. 국경 너머 아득한 혁명을.

5

첫 번째 휴게소에 도착하자 담임은 잠자는 애들까지 일일이 깨워 가며 화장실로 보냈다.

"아 진짜, 오줌 안 마렵다는데 왜 그래요."

"안 마려워도 가서 누고 와. 가다가 오줌 마렵다면서 차 세워 달라고 징징대면 그대로 놔두고 가 버릴 테니깐."

담임의 등쌀에 못 이겨 화장실에 갔다 온 체는 고개를 푹 숙인 채 무언가를 들여다보고 있는 합을 보았다.

"뭐 하냐?"

합은 고개도 들지 않고 중얼중얼 입술만 움직였다.

"acerbate 쓰라린, 신랄한, 화나게 하다. acquaint 알리다, 잘 알게 하다. acquit……."

합은 a로 시작하는 단어를 다 외워 버리겠다는 듯 주문을 외왔다. 담임마저도 합에게는 억지로 화장실에 다녀오라는 소리를 하지 않고 "잘돼 가?" 슬쩍 말을 건넨 뒤, 행여 방해가 될까 조용히 지나쳐 갔다. 하루 이틀도 아니고, 병이 또 도졌군. 체는 됐다 싶어서 자리로 돌아와 버렸다. 그러잖아도 어젯밤 합, 체는 저 책 때문에 한바탕 설전을 벌였다.

"너 설마 그것도 가져가려는 건 아니지?"

체가 놀라서 묻는데 합은 대수롭지 않다는 듯 대꾸했다.

"왜? 버스 안에서 볼 건데."

체는 책을 빼앗으며 버럭 소리를 질렀다.

"야, 쫌! 니가 아무리 범생이라도 수학여행 가면서까지 공부하는 건 진짜 아니지 않냐?"

"내 맘이지."

합은 다시 책을 뺏어 들고는 기어코 고교 필수 영단어 5000을 가방에 꾸역꾸역 집어넣었다. 수학여행 때 공부하는 사람은 우주 최고의 찐따라는 굴욕도, 너 때문에 나까지 한 세트로 찐따 취급을 받으니까 제발 그만 좀 하라는 애원도, 버스에서 공부만 해 봐라, 내가 책을 갈가리 찢어놔 줄 테니깐 하는 협박도 아무 효과가 없었다. '내물왕은 마립간, 눌지왕은 나제동맹, 소지왕은 경주 시장 개설' 등이 쓰여진 국사 연대표까지 챙기려는 것을 겨우 말린 게 그나마 성과라면 성과였다. 고질병인 차멀미까지 참아 가며 책을 읽는 합을 보자 체는 자기마저 속이 쏠리는 것 같았다.

"왜 그래? 멀미 나? 이거 마실래?"

"어? 어…… 고, 고마워."

체는 윤아가 건네는 오렌지 주스를 머뭇머뭇 받아 들었다. 캔을 잡은 손이 부들부들 떨렸다. 짝이 된 지 벌써 3개월이 넘어 가는데도 윤아와는 말 한 번 제대로 해 보지 못했다. 저, 지우개 좀 써도 돼? 저, 수학 숙제 했어? 저, 담임이 불러. 어쩔 땐 하루가 다 가도록 말 한마디 하지 못하고 집에 오는 날도 있었다. 이번에도 짝끼리 앉아야 인원 체크가 쉽다는 담임의 명령이 없었으면 윤아의 옆자리는 꿈도 꾸지 못했을 것이다. 체는 신체검사 때 담임이 머리에 막대기를 세게 내리꽂은 일, 모두가 보는 앞에서 발을 내리라고 말해 망신을 준 일, 융통성 없이 작년과 똑같은 숫자를 기록한 일, 그리고 일인분, 이라는 말에 애들을 따라 피식, 비웃은 일을 이제는 모두 용서해 주기로 했다. 오렌지 주스가 참 달았다.

"그래도 기말고사 성적표 나오기 전에 수학여행 가서 다행이다. 성적표 받고 가면 괜히 기분도 안 나잖아, 그치?"

"으, 응."

왜 자꾸 말이 반 토막으로 잘려서 두 번씩 나오는지, 체는 목을 흠흠 다듬었다.

"이번에도 합이 일등 했대?"

"글쎄……."

"아마 했겠지? 지금도 봐. 차에 타자마자 뭐 외우고 있잖아.

미영이 있지, 걔는 처음엔 저렇게 암기하는 게 자기 욕하는 소리인 줄 알고 합이랑 싸울 뻔했대. 웃기지?"

"어, 어……."

윤아가 자기 허벅지를 때려 가며 깔깔 웃자 체는 어색하게 억지 미소를 지었다. 그리고 빠르게 비껴 가는 창밖 풍경을 보며 굳은 다짐을 했다. 숙소에 도착하면 저 영어단어집부터 산속에 던져 버려야지.

6

아버지는 난쟁이였다. 엄마랑 나란히 길을 걸을 때면 아버지는 더 난쟁이로 보였다. 사람들은 아버지와 엄마에게 '난쟁이와 미녀'라는, 다분히 디즈니적인 별명을 붙여 주었다. 모두 아버지에게 물었다.

"어떻게 자네 같은 사람이 그렇게 이쁜 색시를 얻었는가?"

아버지는 싱글벙글 웃으며 디즈니의 왕자나 했을 법한 대답을 했다.

"사랑의 힘이죠, 사랑의 힘."

아버지와 엄마의 세계를 말하자면, 백설공주가 이웃 나라 왕자 대신에 난쟁이와 결혼한 셈이었다.

"백설공주는 일곱 난쟁이와 함께 행복한 나날을 보내고 있었습니다. 마녀가 보낸 독사과를 먹고 백설공주가 쓰러졌습니다. 왕자의 키스로 백설공주는 되살아났고 이후 왕자와 백설공주는 결혼하여 행복하게 오래오래 살았답니다."

어릴 적, 엄마가 동화책을 읽어 주었을 때 우리는 경쟁하듯 손을 들며 외쳤다.

"나도 왕자처럼 백설공주랑 결혼할 거야."

"나도, 나도."

"내가 먼저 한다 그랬어."

엄마는 책을 덮으며 말했다.

"엄마가 생각하기엔, 한 번밖에 안 본 왕자님이랑 결혼하는 건 너무 이상해. 성에서 사는 것도 너무 지루할 것 같고. 엄마가 백설공주였다면 난쟁이들 중 한 명이랑 결혼해서 광산 탐험도 하고, 숲 속으로 소풍도 가면서 재미있게 살았을 거야."

우리는 따지듯 달려들었다.

"공주는 왕자랑 결혼하는 거잖아."

"맞아, 어떻게 공주가 난쟁이랑 결혼해."

엄마가 말했다.

"난쟁이도 공주랑 결혼할 수 있어."

우리는 지지 않고 대꾸했다.

"안 돼, 난쟁이들이랑 결혼하면 난쟁이들은 나빠."

"난쟁이들이 왜 나빠? 난쟁이들 나쁘지 않아. 그동안 백설공주를 잘 보살펴 줬잖아."

"그래도 나빠."

"왜?"

우리는 한 목소리로 대답했다.

"키가 작잖아."

그때는 절대 몰랐다, 왕자 대신 일곱 난쟁이 중 한 명이 될 줄은.

수학여행 마지막 밤. 운동장으로 나온 체는 무언가 불길한 기운을 느꼈다. 유스호스텔 무대 위에 걸려 있는 큰 현수막. 유화고등학교 밤을 불살라 보자. 불길한 기운은 거기에서 뿜어져 나오고 있었다.

"유화고등학교."

"네."

"목소리가 작습니다. 유화고등학교!"

"네에!"

진행자가 큐 사인을 주자 무대 양쪽의 스피커에서 귀가 터질 듯 시끄러운 음악 소리가 터져 나왔다. 최신 댄스곡. 아이들은 환호와 함께 양손을 흔들어 대며 열광했다. 자기 흥에 못 이겨 아예 자리에서 일어나 춤을 추는 아이들도 있었다. 체도 손을 올려 가며 환호성을 지르긴 했지만 정말 신나서 그런 건 아니었다. 여전히 불길한 기운이 느껴졌다. 진행자는 음악에 맞추어 몸을 흔들며 말했다.

"분위기가 후끈 달아올랐는데요. 이 기세를 몰아서 자, 각

반 반장들 담임 선생님 모시고 무대로 올라오세요."

점잖게 뒤에 앉아 있던 선생들이 반장들의 손에 이끌려 못 이기는 척 무대로 나갔다. 처음에는 좀 빼는 듯 주춤거리던 선생들은 반 아이들의 응원에 힘입어 점점 과감하게 무대를 휘저었다. 정체 모를 막춤에서부터 지금은 유물이 된 7, 80년대의 토끼춤과 로봇춤까지. 선생들은 바지를 가슴까지 추켜올리며 춤을 추고 그럴수록 환호 소리는 더 커져 갔다.

"선생님들 춤이 보통이 아니시네요. 왕년에 좀 노셨나 봐요. 이제 반장들과 선생님들은 내려가시고, 다음은 분위기 좀 더 띄워 볼까요? 이번에는 자기가 생각하기에 내가 우리 반에서 제일 웃긴다, 하는 학생 지금 당장 무대로 올라와 주세요."

되지도 않는 헤드스핀을 시도하다가 넘어지는 남학생, 아예 진행자에게 다가가 야릇한 춤을 추는 여학생, 음악은 댄스곡에서 트로트를 넘나들며 운동장 가득 퍼지고 있었다. 다른 아이들이 무대 공연에 흠뻑 빠져 있는 동안에도 체는 알 수 없는 불안감과 싸워 가며 어서 이 시간이 끝나기만을 기다렸다. 얼굴에 가면을 쓴 정체 모를 거인이 쿵, 쿵 다가오고 있는 것 같았다. 도대체 이 불안함의 정체는 뭐지. 체는 가슴을 잔뜩 졸였다.

"다음은……."

진행자는 잠시 말을 멈추고 들고 있던 종이를 들여다보았다. 다음은 누굴까. 체는 진행자의 입을 쳐다보며 꿀꺽, 침을 삼켰다.

"다음은 반에서 가장 큰 여학생과 가장 작은 남학생. 무대 위로 고~ 고~ 고~."

쿠웅.

가면을 벗어 젖히고 얼굴을 드러낸 거인. 이거였구나, 불길한 기운이. 거인의 발밑에 깔린 것처럼 체는 숨도 쉴 수 없었다. 진행자의 말이 떨어지기가 무섭게 1학년 3반 아이들의 모든 시선이 합, 체에게 쏠렸다. 반에서 키가 가장 큰 여자애는 이미 무대로 올라가고 있었다. 아이들이 일제히 합, 체를 다그쳤다.

"야, 합, 체, 뭐 해. 둘 중 아무나 빨리 나가."

"그래, 빨리 나가. 니들이 우리 반에서 가장 작잖아."

체는 어쩔 줄 모르고 마른침만 삼켜 댔다.

"야, 오합, 니가 형이잖아. 니가 나가."

"체, 니가 합보다 더 작은 거 아냐? 너라도 빨리 나가. 야, 빨리. 우리 반만 아직 안 올라갔잖아."

꼼짝도 않고 앉아 있는 합, 체를 향해 아이들이 따발총 쏘듯 쏘아 댔다.

"합체! 너희가 가장 작으니까 둘이서 같이 나가면 되잖아! 빨리."

이대로 계속 앉아 있다가는 아예 팔을 붙잡고 무대 위로 끌어낼 얼굴들이었다. 체는 뒤에 앉은 합을 돌아보았다. 합의 얼굴이 퍼렇다 못해 새하얗게 질려 버렸다. 무대에 올라 사람들이 보는 앞에서 춤을 춘다는 것은, 칠판 앞에만 서도 얼굴이 달아오르는 합에게는 불가능한 일이었다. 그것도 반에서 가장 키가 작다는 이유로.

"한 반이 비네. 아직 안 올라온 반? 여학생 혼자서 불쌍하게 서 있는데 어디에 숨어 있는 거예요? 이 반에서 가장 작은 남학생! 빨리 무대 위로 고고고!"

아이들이 진행자의 말을 메아리로 되돌려 주며 소리쳤다.

"고고고!"

안달이 난 3반 아이들이 합, 체의 등을 마구잡이로 떠밀었다.

"합체! 아 빨리 나가라고."

"너희 때문에 우리 반 점수 깎이면 책임질 거야?"

더 이상 버틸 수가 없자 체는 눈을 꽉 감고 결단을 내렸다.

그래, 내가 나가마.

체는 자리에서 벌떡 일어나 무대를 향해 걸어갔다. 가고 있는데도 아이들은 더 빨리 뛰라고 성화였다. 체는 체육 선생에게 했던 욕을 내뱉으며 무대로 뛰어 올라갔다.

분명 반에서 키가 가장 작은 남학생이라고 지명했는데도 무대에는 평균 키를 웃도는 남학생이 몇몇 서 있었다. 순전히 튀고 싶은 마음에 나온 녀석들이었다. 덕분에 그 사이에 낀 체는 평소보다 더 작아 보였다.

"오, 요즘 여학생들은 키가 장난이 아니네요. 다 농구 선수들만 모였나. 여자들이 이렇게 클 동안 남자들은 뭐 했어, 남자

망신 다 시키네. 하하하, 농담이고요, 작은 남자도 귀여워요, 그렇죠? 어, 여학생들이 아니라고 소리치는데요. 여학생들, 아니에요? 키 큰 남자가 좋아요?"

진행자는 정말로 여학생들의 대답을 들으려는 건지 마이크를 건네는 시늉을 했다.

빨리 춤이나 시키고 내려 보낼 것이지 뭔 잔말이 저렇게 많아. 체는 구시렁거리며 마주한 여학생을 올려다보았다. 이윤미, 178. 중학교 때 체육 선생에게서 농구 한번 해 보지 않겠느냐는 러브콜을 끈질기게 받았지만 농구가 이 세상에서 가장 싫다며 극구 사양했다는 학교의 유명인이었다. 조금이라도 작아 보이려고 항상 어깨를 웅크리고 다닌 탓에 그대로 등이 굽어 버렸다. 체는 진행자를 매섭게 쏘아보았다.

반에서 가장 큰 남학생과 가장 작은 여학생이라는, 사회 통념상 수용하기 쉬운 조합도 있건만 왜 하필이면 가장 큰 여자랑 가장 작은 남자야. 그렇게 우리를, 나를 엿먹이고 싶냐.

그러나 음악을 고르느라 바쁜 진행자는 체에게 눈길조차 주지 않았다.

"자, 남학생과 여학생, 마주 보고 커플 댄스. 상품은 컵라면 여섯 개. 음악 큐!"

눈부신 싸이키 조명이 흔들리면서 라틴풍의 댄스 음악이 흘러나왔다. 무대 아래서 큰 함성이 쏟아지며 왼쪽에서 오른쪽으로 인간 파도가 물결쳤다. 유화고등학교 밤을 불살라 보자,

그 현수막이 다시 체의 눈에 들어왔다.

그래, 불살라 보자. 미쳐 보자. 니들이 그렇게 원한다는데 못할 게 뭐 있냐.

체는 가장 먼저 무대 앞으로 나가 격렬하게 몸을 움직이기 시작했다. 하반신을 앞뒤로 흔들기도 하고, 손으로 이마를 콩콩 찧으며 통춤을 추기도 하고 유명 개그맨의 댄스까지 마구잡이로 따라 추었다. 아이들이 와와, 웃어 젖히는 소리가 들려왔다.

재밌냐, 더 재미있게 해 줄까.

체는 오른손은 머리 위에, 왼손은 엉덩이에 올려놓고 닭 흉내를 내기도 하고, 신발 밑창을 쓸며 마이클 잭슨의 전설적인 춤을 추기도 하고, 바닥에서 꿈틀꿈틀거리는 지렁이춤까지 추었다. 깔깔거리는 웃음소리를 넘어 꺽꺽거리며 숨넘어가는 소리까지 들려왔다. 체는 눈 한 번 뜨지 않고 계속 몸을 흔들어 댔다. 다른 애들이 출 때는 음악이 빨리 끝났던 것 같은데 웬일인지 이번에는 음악이 멈출 줄을 몰랐다. 오히려 라틴 음악 특유의 박자가 더 빠르게 휘몰아치며 분위기를 돋우었다.

그래, 음악까지 내가 망가지는 것을 보고 싶어 하는구나. 이 난쟁이의 몰락을.

체는 더 미친 듯이 춤을 춰 댔다. 이미 반은 제정신이 아니었다. 분명 커플 댄스를 추라고 했는데 윤미는 안중에도 없이 저 혼자서 무대를 왔다 갔다 했다. 엉덩이를 흔들다가 갑자기 관절을 꺾으며 각기춤을 추기도 하고, 저게 춤이야 발작이야

싶을 정도로 온몸이 부서져라 흔들어 댔다. 서서히 이마로, 겨드랑이로, 다리로 땀이 배어 나왔다. 숨이 머리끝까지 차올랐다. 음악 소리는 먼 데서 들려오는 것처럼 점점 아득해졌다. 순간, 까만 하늘에 덩그러니 떠 있는 초승달이 눈에 들어왔다. 체는 흐릿해진 눈동자로 달을 올려보았다.

나 왜 여기에 있는 거지, 도대체 여기서 뭐 하는 거지.

음악 소리가 멀어지면서 정신도 함께 희미해졌다.

체는 머리를 세게 흔들었다. 정면으로는 빛을 뿜어내는 조명이 보이고 손에는 컵라면 세 개가 들려 있었다. 받은 기억도 없는 것들이었다.

"체, 너 장난 아니다."

"완전 댄스 머신이야, 댄스 머신."

"어떻게 그런 끼를 감추고 살았냐."

앞에서 뒤에서 어깨를 흔들며 그런 말들이 들려왔다.

"체, 오늘 밤에 라면 같이 먹자."

"나도, 나도."

그런 목소리도 있었다.

이제 끝난 건가. 체는 방망이로 두들겨 맞은 것처럼 온몸이 욱신거렸다. 그때 누군가 어깨를 툭 건드렸다. 체는 뒤를 돌아보았다.

"……"

합은 그래 놓고는 아무 말이 없었다.

"뭐가, 아무렇지도 않아."

체는 그 말만 하고 등을 돌렸다.

울적한 기분이 들었다. 빨리 방으로 들어가 쉬고 싶었다. 그러나 신나는 음악 소리는 여전히 운동장 한가득 울려 퍼지고 진행자의 목소리도 지칠 줄 몰랐다. 아직도 두 시간쯤은 거뜬해 보이는 목청이었다.

"드디어 오랫동안 기다리고 기다리던 댄스 타임의 하이라이트! 자, 각 반에서 가장 잘생긴 남학생이 가장 예쁜 여학생을 데리고 무대로 올라와 주세요."

그 소리에 구병진이 용수철처럼 튀어나가 윤아의 손목을 낚아채 무대로 올라갔다. 가장 잘생긴 남학생과 가장 예쁜 여학생, 아직 합의도 이뤄지지 않은 논의인데 구병진의 태도는 거칠 것이 없었다. 그러나 야유를 보내거나 말리는 사람은 아무도 없었다. 오히려 구병진, 구병진, 하윤아, 하윤아, 하는 응원 소리만 커졌다. 라틴 음악이 멈추고 느린 발라드 음악이 흘러나왔다. 구병진은 윤아의 허리에 손을 두르고 블루스 같은 것을 추기 시작했다. 여기저기서 비명과 휘파람 소리가 터져 나왔다.

구병진과 하윤아.

세상에서 가장 잘생긴 남자와 가장 예쁜 여자로 보였다, 그 순간 체의 눈에는.

7
☆ ★ ☆

　아버지는 난쟁이였다. 그리고 아버지는 공 전문가였다. 길을 지나가다 공이 슬쩍 보이기만 해도 아버지는 걸음을 멈추고 짧은 품평을 늘어놓았다.

　"저 공은 너무 무거워 보이는군. 게다가 저렇게 구멍까지 숭숭 뚫어 놓으면 저 안으로 손가락이 쑥쑥 빠져 버리지 않겠어. 누가 저런 장난을 쳐 놓았지. 저런 건 좋은 공이 아니야."

　그럴 때마다 우리는 사실을 말해 주어야 했다.

　"아버지, 저건 볼링공이잖아요. 원래 저 공은 무겁고 구멍이 뚫려 있게 만들어진 거예요. 그래야 손가락을 집어넣을 수 있으니까."

　그래도 아버지는 고개를 저으며 안 좋아, 안 좋아, 했다.

　"저 공은 왜 저렇게 맨 위가 움푹 들어가 있지? 저 잎사귀는 또 뭐냐? 함부로 저런 장식을 하면 안 돼. 저런 건 볼 때만 예쁘지 살짝 만지기만 해도 금방 부러진단 말이야. 저런 건 좋은 공이 아니야."

우리는 또 사실을 말해 주어야 했다.

"아버지, 저건 공이 아니라 사과잖아요. 저 잎사귀는 장식으로 달아 놓은 게 아니라 원래부터 가지에 붙어 있는 진짜 잎이라고요."

그래도 아버지는 고개를 저으며 안 좋아, 안 좋아, 했다.

어느 날, 아버지는 손뼉까지 쳐 가며 애타는 목소리로 말했다.

"아이고, 합, 체야, 저 흉측한 공 좀 봐라. 누가 공에다 저렇게 낙서를 해 놨어. 저러면 안 돼. 왜 멀쩡한 공에다 저렇게 눈코입을 그려 놓고 귀까지 달아놨느냔 말이야. 저러면 심장 떨려서 아버지 같은 사람은 쏘지도 못해. 내가 가서 얼른 지워야겠다."

우리는 사실을 말해 주건대 아주 조용히 말해야 했다.

"쉿! 아버지, 듣겠어요. 저건 낙서를 한 게 아니라 진짜 사람 머리라고요. 대머리여서 언뜻 공으로 보일 수도 있겠지만 공이 아니에요. 눈코입을 지우려 했다가는 아버지 멱살 잡혀요. 그러니 좀 가만히 앉아 계세요."

눈을 가늘게 뜬 아버지는 그래? 저게 사람 머리였어? 그러면서도 안 좋아, 안 좋아, 고개를 저었다.

적당히 둥글고, 적당히 볼륨 있는 것들은 아버지 눈에 다 공으로 보였다. 아버지는 공의 원래 목적이 무엇이든 간에 하늘로 쏠 수 있는 것인지 없는 것인지에 따라 좋은 공, 나쁜 공으로 나누었다. 그리고 나쁜 공을 발견할 때면 그냥 지나치는 법 없이 꼭 안 좋아, 안 좋아, 고개를 저었다.

"가장 좋은 공이 어떤 공인데요?"

아버지는 얼굴에 미소를 띠며 이렇게 설명해 주었다.

"한 이 정도? 너무 커서도, 너무 작아서도 안 돼. 두 손에 딱 잡힐 만큼의 크기, 그게 좋은 공이지. 물론 어깨는 조금 많이 벌려도 좋아. 하지만 자기 두 손이 감당할 수 없을 정도로 큰 공이거나 아니면 두 손을 쓸 필요도 없이 한 손에 움큼 들어오는 공은 그다지 좋은 공이 아니란다. 무게도 마찬가지야. 너무 무거워서도, 너무 가벼워서도 안 돼. 공을 들었을 때 내가 이 공을 들고 있구나, 하는 느낌, 그 정도의 느낌이 이상적인 무게지. 그 공을 드느라 움직이지도 못할 정도면 절대 좋은 공이라 할 수 없고, 또 반대로 공을 들었는지 안 들었는지, 그래서 잃어버려도 느낄 수 없을 정도로 가벼운 공이라면 그것 역시 안 좋은 공이야."

우리는 머리가 지끈거렸다. 아버지가 말한 그런 공이 도대체 어떤 공인지 이해가 되지 않았다.

그러나 공에 대해 이야기하느라 흥분한 아버지는 우리가 머리가 아픈지도 모르고 더 신나게 말을 이었다.

"그러나 합, 체야, 좋은 공이 가져야 할 조건 중에서 가장 중요한 것은 말이다, 바로 공의 탄력도란다."

"탄력도? 그게 뭔데요?"

"아직 학교에서 거기까지는 안 배웠나 보구나. 공의 탄력도란 말이지, 땅에 떨어져도 다시 튀어 오르는, 그러니까 실수로 잘못 쏜 공이 땅에 떨어지더라도 그대로 깨지지 않고 다시 튀어 오를 수 있는 힘을 말한단다."

"다시 튀어 오를 수 있는 힘이요?"

"그래, 그래서 쇠공이나 유리공 같은 건 아무리 강하고 예뻐도 절대 좋은 공이 될 수 없는 거지. 걔네들은 쏘기도 어렵지만 일단 쏴도 다시 튀어 오르지 않고 땅에 박히거나 깨져 버리니까. 벽에 부딪혀도 거기서 더 힘을 얻어 다시 힘차게 튀어 오를 수 있는 힘인 탄력도, 이게 좋은 공이 가져야 할 조건 중에서 가장 중요한 거란다. 합, 체, 아버지 말이 이해가 가느냐?"

공에 대한 설명이 길어질수록 우리는 듣는 시늉만 하고 있었지만, 신이 난 아버지를 슬프게 하고 싶지 않아 고개를 끄덕였다.

"네, 아버지, 이해가 가요."

아버지는 흐뭇하게 웃었다.

"아버지는 우리 아들들이 똑똑해서 참 기분이 좋다."

우리는 아버지의 공들을 가리키면서 또 물었다.

"그러면 아버지가 갖고 있는 공들은 다 좋은 공이에요?"

아버지는 오랫동안 대답이 없었다. 그리고 한참 후 엉뚱한 대답을 했다.

"합, 체야, 니들은 꼭 그런 공을 찾아야 한다."

좋은 공에 대한 아버지의 논평은 여기까지였다.

6교시. 창문을 타고 후텁지근한 바람이 불어왔다. 일기예보에서는 올 여름 들어 가장 무더운 날씨가 될 거라고 했다. 좁은 교실에 갇힌 아이들은 물에 빠진 양떼처럼 축축 늘어지고 있었다. 높이 세운 책 사이에 얼굴을 파묻거나, 펜을 쥔 채 꾸벅꾸벅 머리를 조아리거나, 아예 보란 듯이 책상에 엎드려 꿈을 꾸기까지. 여름방학이 이틀 앞으로 다가오면서 수업 시간은 수면 시간이나 마찬가지였다. 체는 국어 선생이 나눠 주는 유인물을 책상 위에 대충 흩뜨려 놓고 딴 생각에 빠져 있었다. 방학이 내일모레인데 굳이 오늘까지 정상 수업을 하려는 국어 선생이 도무지 이해되지 않았다. 체는 무겁게 내려앉는 눈꺼풀을 간신히 들어올려 창밖을 바라보았다. 길 건너 태권도장이 눈에 띄었다. 유리창에는 '정신수양, 체력강화, 민족통일'이라는 커다란 스티커가 차례대로 붙어 있었다. 국어 선생의 목소리는 볼륨을 줄인 라디오처럼 잦아들어 갔고, 체는 밀물처럼 쏟아지는 졸음을 이겨 내며 태권도장을 바라보았다.

요즘 태권도가 다시 유행이라는데 방학 동안 태권도나 배워 볼까. 근데 태권도랑 민족통일이 무슨 상관이지? 태권도를 배워서 북한 사람을 때려 주자는 건가. 아니, 그것보다는 태권도가 키 크는 데 효과가 있을까? 태권도보다는 킥복싱이 더 좋을 것 같은데. 아니지, 너무 격렬한 운동은 오히려 뼈에 좋지 않다고 들었어. 그런데 운동을 하면 정말 키가 크긴 클까?

기억이 깊어지면서 2년 전, 병원에 갔을 때 의사가 했던 말이 고스란히 떠올랐다.

"두 학생의 경우 예상 신장은 이 정도입니다."

의사의 설명에 합, 체의 엄마가 물었다.

"운동도 하고 좋은 음식도 많이 먹으면 그보다 더 클 수 있겠지요?"

"글쎄요, 1, 2센티미터 정도의 오차 범위는 있겠지만 유전적인 영향이 있기 때문에 그 이상은……."

"그래도 키는 유전보다 환경의 영향을 더 많이 받는다고 들었는데요."

"그렇긴 하지만 두 학생의 경우엔 아버지 쪽의 유전이 강해서…… 글쎄요, 지금으로선 좀 힘들 것 같네요."

그날 밤, 늦게까지 잠을 이루지 못하고 뒤척이던 체는 마당으로 나왔다. 장난감용 작은 농구 골대가 벽에 기우뚱하게 걸려 있었다. 키가 크면 진짜 농구 골대를 마당에 설치해 달라고 할 생각이었다. 언제까지고 애들이 가지고 노는 골대에 공을 던질 순 없으니까. 체는 갑자기 농구 골대가 부서져라 공을 집어던졌다. 고요하던 밤에 북 치는 소리가 울려 퍼졌다. 아슬아

슬하게 벽에 붙어 있던 골대가 땅으로 떨어짐과 동시에 가슴 속에 매달려 있던 무언가도 툭 떨어졌고, 체는 붉게 달아오른 얼굴이 하얗게 식을 때까지 어둠 속에 서 있었다.

"오늘이 19일이니까 19번이 일어나서 유인물 첫 장 첫째 문단 읽어 봐."

그 의사 말대로라면 아무리 운동을 해도 안 클 수 있다는 거잖아. 유전이란 게 있으니까.

체는 반은 졸고, 반은 깊은 생각에 빠지느라 국어 선생이 자기 번호를 부르는 것도 듣지 못했다.

"19번. 누군데 아무 대답도 없어. 어디 보자…… 오체?"

그럼 어떡해야 하지, 고1 여름방학 때 키가 가장 많이 큰다고 하던데. 이 기회를 절대 놓치면 안 되는데…….

국어 선생이 출석부를 확인하는 사이 윤아가 체의 팔꿈치를 툭 치며 속삭였다.

"체, 너 시키잖아. 얼른 일어나."

"네? 네."

그제야 체는 자리에서 우왕좌왕 일어나 윤아에게 소곤거리며 물었다.

"어디야?"

"이거, 맨 앞장."

체는 윤아가 집어 준 유인물을 받았다. 그리고 졸음에 잠긴 목소리를 크흠, 하고 가다듬은 후 첫 줄을 읽어 나갔다. 사람들

은 아버……. 그런데 첫 문장을 다 읽기도 전에 혀가 딱딱하게
굳어 버렸다.

……이게 뭐야.

"오체, 뭐 해? 계속 안 읽어?"

체는 꼼짝도 않고 유인물만 뚫어져라 보고 있었다. 윤아가
의아한 눈길로 올려보았지만 체의 입은 좀처럼 열릴 줄을 몰
랐다. 기다리다 못한 국어 선생이 목소리를 높이며 다그쳤다.

"오체, 뭐 해? 서서 자는 거야?"

유인물을 잡은 체의 두 손이 부들부들 떨렸다.

왜요?

"빨리 안 읽고 뭐 해? 다음 페이지까지 끝내려면 시간 없
어."

왜 제가 이 부분을 읽어야 하는데요? 왜 하필 제가 이 부분
을 읽어야 하느냐고요.

"오체!"

체는 다시 목을 크흠, 하고 다듬은 후 입을 뗐다. 여전히 목
소리가 잘 나오지 않았다.

"사람들은…… 아버지를…… 난쟁이라고 불렀다. 사람들
은…… 옳게 보았다. 아버지는…… 난쟁이였다. 불행하게도
사람들은 아버지를 보는 것 하나만 옳았다. 그 밖의 것들은 하
나도 옳지 않았다. 나는 아버지, 어머니, 영호, 영희, 그리고 나
를 포함한 다섯 식구의 모든 것을 걸고 그들이 옳지 않다는 것

을 언제나 말할 수 있다. 나의 '모든 것'이라는 표현에는 '다섯 식구의 목숨'이 포함되어 있다……."

"다음, 뒤에 사람."

"어머니는 조각마루 끝에 앉아 말이 없었다. 벽돌 공장의 높은 굴뚝 그림자가……."

읽기가 끝나자 국어 선생이 교탁 앞에 섰다.

"조세희 작가가 쓴 「난쟁이가 쏘아 올린 작은 공」, 읽어 본 사람? 아무도 없어? 이 반은 왜 이래? 정말 아무도 없는 거야, 질문할까 봐 안 읽은 척 빼는 거야? 한심하기는. 이 소설은 줄여서 '난쏘공'이라고 하기도 하는데 70년대 도시 계획으로 벼랑 끝에 내몰린 가족의 삶을 이야기한 것으로, 여기서 난쟁이 아버지가 상징하는……."

쓰러지듯 자리에 앉은 체는 멍하니 유인물을 바라보았다. 누군가 망치로 뒤통수를 후려갈긴 것처럼 머리가 시큰거렸다. 국어 선생의 말은 들리지 않고 유인물의 글자가 돋보기를 올려놓은 것처럼 부풀어올랐다.

사람들은 아버지를 난쟁이라고 불렀다. 사람들은 옳게 보았다.

아버지는 난쟁이였다.

종이 울리자 국어 선생은 여름방학 동안 '난쏘공'을 꼭 읽어보라는 말로 마지막 수업을 마쳤다. 수업이 다 끝나고 종례 시간이 되었는데도 체는 가방을 챙길 생각 없이 유인물만 바라보고 있었다. 사람들은 아버지를 난쟁이라고 불렀다는, 사람들은 옳게 보았다는, 사람들 말대로 아버지는 난쟁이였다는 그 단순한 세 문장이 온몸을 꽁꽁 옭아매는 쇠사슬이 되어 체를 놓아주지 않았다. 그때였다.

"야, 오체, 너도 난쏘공이냐?"

체는 뒤를 돌아보았다. 구병진이 히죽히죽 웃으며 체의 자리로 오고 있었다.

"뭐?"

"너도 난쏘공이냐고?"

옆 분단 녀석이 참견을 하며 구병진에게 되물었다.

"난쏘공이 뭔데?"

구병진은 그 녀석의 뒤통수를 가볍게 치며 대꾸했다.

"이 자식아, 그러니까 수업 시간에 잠 좀 그만 자고 들어라. 난쟁이가 쏘아 올린 작은 공을 줄여서 난쏘공이라고 한대잖아."

"근데 체가 왜 난쏘공이야?"

구병진은 다시 체를 힐끔거리며 말했다.

"왜긴 왜야, 난쟁이니깐 그렇지."

"야, 애가 무슨 난쟁이냐. 그냥 키가 좀 작은 거지."

"그거나 그거나."

"그럼 작은 공은 뭔데?"

체는 온몸에 열이 확 오르는 것을 느꼈다. 온몸이 불붙은 성냥이라도 된 것 같았다. 체는 주먹을 꽉 쥐고 구병진을 노려보

왔다. 구병진은 체의 시선을 느꼈는지 못 느꼈는지 계속 히죽
거리며 말을 이었다.

"작은 공은 그냥 작은 공이지 뭐야. 야, 근데 체, 너는 그냥
작은 공이 아니라 존나 작은 공을 쏴야겠다. 안 그랬다가 떨어
지는 공에 맞아 죽기라도 하면……."

"이야아아!"

체는 괴성을 내지르며 구병진의 몸을 머리로 들이받았다.
갑작스런 공격에 구병진은 옆 자리 책상과 뒤엉켜 우당탕 쓰
러졌다. 체는 구병진의 배를 깔고 앉아 멱살을 쥐어 잡고 얼굴
에 주먹을 휘둘렀다. 담임이 오기를 기다리며 교실 여기저기
에 모여 있던 아이들이 체와 구병진 주위로 우르르 몰려들었
다. 그러나 순식간에 일어난 일이라 다들 말릴 생각은 못하고
어깨 너머로 구경만 하고 있었다. 체는 한 손으로는 구병진의
목을 조르고 나머지 손으로는 코를 정조준해 높이 치켜세웠
다. 체의 주먹이 다시 얼굴로 날아오려는 순간, 구병진이 잽싸
게 주먹을 막고 체를 바닥으로 내동댕이쳤다. 순식간에 전세
가 역전됐다. 이번에는 구병진이 체의 배에 올라타 주먹을 휘
둘렀다.

"이 새끼가 미쳤나, 갑자기 왜 이래."

퍽, 퍽, 얼굴을 때리는 둔탁한 소리가 터져 나오자 둘러서
있던 여자애들이 비명을 질러 댔다. 상황이 심각해져서야 옆
에 있던 남자애들이 체와 구병진을 간신히 떼어 놓았다. 두 사

람 모두 입술이 찢어져 피를 흘리고 있었다. 체는 거친 숨을 헉 헉 몰아쉬며 구병진을 노려보았다. 구병진은 팔을 붙든 아이 들을 밀치고 나와 체의 어깨를 툭 쳤다.

"야, 너 돌았어? 내가 뭘 어쨌다고 지랄이야. 어? 어?"

구병진은 계속해서 체의 어깨를 툭툭 밀며 한 발짝 한 발짝 다가왔다. 체는 구병진이 미는 족족 뒤로 밀리며 휘청거렸다. 애초에 체급이 다른 싸움이었다. 구병진은 끝장을 보겠다는 듯 두 손으로 체의 어깨를 확 밀쳐 냈다. 체는 중심을 잃고 비 틀거리며 그대로 바닥에 나뒹굴 뻔했다. 그런데 뒤에서 누군 가가 쿠션처럼 몸을 지탱해 주었다. 합이었다. 그걸 본 구병진 의 입가가 실룩거렸다.

"씨발, 너 내가 난쟁이라고 불렀다고 그러냐? 장난이잖아, 장난. 넌 장난도 몰라? 야, 그리고 까놓고 말해서 난쟁이를 난 쟁이라고 부르는 게 어때서? 합, 체 니들 난쟁이 맞잖아. 야, 안 그러냐? 내가 틀린 말 했어?"

주위를 빙 둘러싼 아이들 사이에서 킥킥거리는 비웃음이 터 져 나왔다. 체는 그 웃음소리가 나는 곳을 노려보다가 구병진 뒤에 서 있는 윤아와 눈이 마주쳤다. 순간, 가슴이 터질 것 같 았다. 체는 얼른 시선을 피했다. 구병진은 웃음소리를 자기 편 으로 만들려는 듯 더 큰 소리로 말했다.

"야, 니네도 분명히 봤지? 난 손도 안 댔는데 오체 이 자식 이 먼저 덤벼든 거. 씨발, 이젠 오체 무서워서 장난이라도 치겠냐. 한 번만 더 난쟁이라고 불렀다간 아주 사람 죽이겠다. 근데, 니가 그런다고 내가 못 부를 것 같냐? 난쟁이 소리 듣기 싫으면 합이랑 합체라도 해서 커지든가."

킥킥킥킥.

더 크게 번지는 웃음소리, 체의 팔이 반사적으로 튕겨져 나가는 것을 합이 뒤에서 끌어당겼다. 더 이상의 몸싸움은 없었다. 그러나 피할 곳 없는 외길에서 맞닥뜨린 것처럼 둘은 한 치의 물러섬도 없이 서로를 노려보았다.

"야, 담임 온다, 담임 와."

뒷문에서 망을 보던 녀석이 외치자 모여 있던 아이들이 일사분란하게 자기 자리로 뛰어갔다. 구병진도 체가 서 있는 발치에 침을 찍 뱉으며 뒷자리로 걸어갔다. 담임이 앞문을 열고 들어오는 순간, 체는 뒷문으로 뛰쳐나가 버렸다.

8

☆ ★ ☆

아버지는 난쟁이였다. 아버지를 친 남자는 몸을 덜덜 떨면서 말했다.

"정말, 정말 전 차 뒤에 사람이 있는 줄 몰랐습니다. 백미러로 몇 번이나 확인을 했는데도 보이지 않았어요."

그날, 아버지는 놀이공원 개장 행사에 초청받았다. 놀이시설이라고 해 봤자 회전목마, 디스코 팡팡, 바이킹, 그 세 개가 전부인 어느 소도시의 작은 놀이공원이었다. 다른 예능인들도 아버지와 함께 초청되었는데, 사다리에 올라가 있는 키다리 피에로, 놀이공원 마스코트인 반달곰 인형, 코끼리를 대동하고 나선 조련사 등이었다.

키다리 피에로가 풍선으로 자전거나 강아지를 만들어 주면, 반달곰 인형이 아이들과 함께 사진을 찍고, 마지막으로 아버지가 코끼리와 함께 무대에 등장하는 행사였다.

와아아.

만원 관중이었다. 언제나 노인과 어린아이뿐이던 쇼장에 젊은 사람들이 가득 들어찼다. 박수 소리와 함께 등장한 아버지는 큰 공 위로 사뿐히 뛰어올라 발을 따그닥닥 딱딱, 굴리며 탭 댄스를 췄다. 재주랄 것도 없는 몸 풀기 정도의 간단한 기술이었는데도 객석에서 환호성이 터져 나왔다. 분위기가 좋아지자 아버지는 보란 듯이 코끼리가 코로 던져 주는 공을 하나도 빠뜨리지 않고 척, 척, 척, 척, 척 받아 들었다. 그리고 공을 높이 쏘아 올리며 빠르게 저글링을 했다.

하하하.

사람들의 웃음소리가 커졌다. 신이 난 아버지는 코끼리와 공을 주고받으며 앞으로 갔다, 뒤로 갔다, 옆으로 갔다 하며 무대를 뒤흔들었다. 아버지가 했던 수천 번의 공연 중에서 가장 스케일이 큰 공연이었다.

짝짝짝짝.

모자를 벗고 정중하게 인사하는 아버지. 코를 하늘 높이 들어올리며 뿌우, 뱃고동 소리를 내는 코끼리. 그에 화답하듯 관중들이 기립 박수를 보내는 것으로 코끼리와 아버지의 첫 합동 공연이 성황리에 막을 내렸다.

사람들이 다 떠난 후 아버지는 공원 한쪽에 앉아 뒷정리를 하고 있었다. 더러워진 공을 수건으로 싹싹 닦은 다음, 바람을 빼고, 조끼 주머니에 차곡차곡 집어넣는 일이었다.

사고는 그때 일어났다. 아버지가 공들에 파묻혀 있을 때, 갑자기 코끼리만 한 트럭이 아버지를 향해 후진해 왔다. 등을 돌린 채 공을 닦고 있던 아버지는 미처 피할 새도 없이 그대로 트럭에 받혔다.

"아저씨가…… 키가 작아서, 키가 너무 작아서 안 보였던 거예요. 정말이에요. 너무 키가 작아서 제 쪽에서는 볼 수가 없었……."

남자는 말을 끝마치지 못하고 흐느껴 울었다. 아버지를 친 사람은 코끼리 조련사였고, 코끼리만큼이나 큰 트럭에는 정말로 코끼리가 들어 있었다. 아버지는 죽는 순간까지도 참 난쟁이스러웠다.

학교 갈 시간이 지났는데도 체가 일어날 기색이 없자 엄마가 방문을 벌컥 열고 들어왔다. 더울 법도 한데 체는 이불을 꽁꽁 싸매고 누워 꼼짝도 하지 않았다. 엄마가 등을 흔들며 깨워도 좀처럼 일어날 생각을 하지 않았다.

"체, 합은 벌써 학교에 갔는데 왜 아직도 이러고 있어? 어디 아파?"

엄마가 이불을 걷으려 하자 체가 먼저 이불을 젖히며 말했다.

"학교 안 다녀."

그 말만 하고 체는 다시 이불 속으로 들어갔다.

"왜 그래, 학교에서 무슨 일 있었어?"

체는 아무 대꾸 없이 엄마의 손길을 탁 내쳤다.

"체, 일어나. 엄마랑 말 좀 해."

체가 이불 속에서 말했다.

"이제 학교 안 다닐 거야."

"학교를 안 다닌다는 게 무슨 소리야. 내일이 방학인데."

"잘됐어. 어차피 자퇴할 거니까."

"자퇴?"

엄마의 미간에 깊은 주름이 잡혔다.

"어떻게 그런 말을 니 맘대로 해? 엄마는 아무것도 아니야?"

"엄마가 아무것도 아닌 게 아니라 내가 아무것도 아니라서 그래. 학교 다니기 싫어."

"갑자기 왜 다니기가 싫은데? 어제까지 아무렇지도 않았잖아. 친구랑 싸웠어? 아님, 선생님한테 혼났어?"

"그런 거 아니야."

"그런 게 아니면?"

체는 대답 없이 이불에 얼굴을 묻었다. 방 안 공기가 유난히 무거웠다. 방 한가운데에 우두커니 서 있던 엄마는 더 이상 다그치지 않고 방문을 열었다.

"그래, 몸이 안 좋으면 오늘은 쉬어라. 엄마가 학교에 전화해 줄게."

"오늘만이 아니야. 내일도 안 갈 거고, 방학이 끝나도 안 갈 거야."

참다 못한 엄마는 소리를 내지르고야 말았다.

"도대체 무슨 일 때문에 그러는데?"

체도 똑같이 소리를 질렀다.

"무슨 일이 있어서 그런 게 아니야. 내 인생 자체가 항상 이런 거야."

"니 인생이 어때서?"

"거지 같잖아."

"그게 무슨 소리야? 왜 그런 생각을 해?"

"엄마도 다 알잖아. 이놈의 키, 나는 비정상이야."

엄마는 체가 덮고 있는 이불을 쓰다듬으며 말했다.

"체, 그렇게 생각하지 말라고 했잖아. 니가 왜 비정상이야. 그렇게 안 좋은 쪽으로만 생각하니까 더 위축되는 거 아니야."

체는 엄마의 손을 밀어내며 이불 속에서 나왔다. 빨갛게 부은 눈동자가 텅 비어 있었다.

"엄마."

"그래, 엄마한테 다 말해 봐, 무슨 일 때문에 그러는 건지."

"아버지가 왜 죽었지?"

"뭐?"

"아버지가, 아버지가 보통 사람만큼만 컸으면 남들한테 난쟁이 소리나 들으면서 재주 부리는 그런 일은 안 했겠지?"

"체……."

"그리고, 보통 사람만큼만 컸으면 그렇게 차에 치여서 죽는 일도 없었겠지?"

체는 눈물을 주르륵 흘렸다.

"아버지 죽음은 개죽음이었어. 나도, 나도 그렇게 죽을 거야, 이놈의 키 때문에."

방학식 날. 체는 등교 시간에 간신히 맞춰 집을 나왔다. 학교에는 가고 싶지 않았지만 새벽부터 들려오는 엄마의 한숨 소리 때문에 도저히 집에 있을 수가 없었다. 일단 나오긴 했는데 마땅히 갈 데가 없었다. 오전 내내 피씨방과 만화방을 전전하던 체는 정오 무렵 뒷산으로 터벅터벅 올라갔다. 사람들과 마주치고 싶지 않을 때 북쪽 약수터만큼 좋은 곳도 없었다.

체는 책가방을 베개 삼아 밤나무 아래에 드러누웠다. 아직 덜 여문 밤송이들이 가지 가득 옹기종기 매달려 있었다. 나뭇잎 사이로 스며드는 투명한 햇살은 깨진 유릿조각처럼 빛을 발했다. 시원한 그늘, 따사로운 햇볕, 이틀 밤 내내 오지 않던 잠이 한꺼번에 쏟아지려는 것처럼 몸이 나른해졌다. 체는 가만히 눈을 감았다. 그러자 반짝이던 유릿조각들이 심장을 찌르는 목소리로 변해 온몸에 내리꽂혔다.

야, 오체, 너도 난쏘공이냐?

체는 구병진이 왜 자기에게 그런 시비를 걸었는지 알고 있었다. 수학여행에서 돌아오는 길에, 담임 몰래 버스 자리를 바꾸어 달라는 걸 거절한 일로 앙심을 품은 것이다. 그날 이후 구병진은 윤아가 보는 앞에서 체를 '호빗'이나 '움파룸파'라고 부르기도 하고, 체육 시간에는 일부러 어깨를 세게 부딪치거나 공을 머리에 맞힌 다음 미안, 손이 미끄러워서, 라며 키득거리기도 했다. 겉으로는 무시하는 척했지만 체는 그때마다 속으로 비웃어 주었다. 촌스럽게 병진이 뭐냐, 병진이. 나는 체다, Che. 키도, 얼굴도, 인기도 다 밀리지만 이름에서만큼은 구병진을 흠씬 눌러 주었다고 체는 자부했다.

너는 그냥 작은 공이 아니라 존나 작은 공을 쏴야겠다. 안 그랬다가 떨어지는 공에 맞아 죽기라도 하면⋯⋯.

그러나 작은 공이라는 말, 그것도 그냥 작은 공이 아니라 존나 작은 공이라는 말, 그리고 떨어지는 공에 맞아 죽을 수도 있다는 말이 눈앞에 그림으로 그려지는 순간, 멋대로 튀어나가는 주먹을 멈출 수 없었다. 덫이란 걸 알고 있었다. 어디 한번 걸리기만 해 봐, 하며 버젓이 설치해 놓은 덫에 보기 좋게 걸려들고 만 것이다. 아니, 걸려들기만 한 게 아니라 스스로 뛰어든 것이나 마찬가지였다.

바람이 밤나무 이파리들을 뒤흔들자 바위에 부서지는 파도 소리가 들렸다. 이파리들의 위치가 바뀌면서 빛이 쏟아지는 공간이 더 넓어졌다. 눈으로 쏟아지는 빛줄기를 피해 돌아눕던 체는 갑자기 울컥, 하는 생각이 들었다.

그러게 왜 하필이면 작은 공이야, 작은 공이. 난쟁이라고 작은 공만 쏘라는 법 있어? 난쟁이는 큰 공 좀 쏘아 올리면 안 돼?

9

따악.

이마를 내리찧는 무언가에 체는 기겁을 하며 벌떡 일어났다. 알밤이라도 떨어졌나 싶어 주위를 두리번거리니 환하던 풍경이 어두워져 있었다. 얼마나 잔 거지. 시계를 확인하려는데 갑자기 등 뒤에서 카랑카랑한 목소리가 들려왔다.

"이놈, 냉큼 일어나지 못하겠느냐."

뒤를 돌아보니 한 노인이 밤나무 바로 옆에 서 있었다. 뱀에 발목을 물린 그때 그 노인이었다. 체가 꾸물거리자 노인이 다시 소리쳤다.

"어디 학생이 교복을 입고 노숙을 해. 느이 학교에서는 그렇게 가르치더냐."

노인은 들고 있던 막대기로 또 이마를 내리치려고 폼을 잡았다. 체는 옷에 붙은 나뭇잎을 떨어내며 주춤주춤 일어섰다. 노인네, 갑자기 어디서 나타난 거야. 체는 잠깐이지만 그 노인을 도사님, 하고 불렀던 일을 까맣게 잊고 노인을 쏘아보며 대꾸했다.

"할아버지, 남이사 교복을 입고 노숙을 하든 춤을 추든 상관하시지 말고 할아버지 일이나 보세요, 네? 저도 할아버지 일에 상관 안 할 테니."

체는 베고 있던 가방을 어깨에 둘러메고 노인에게서 등을 돌렸다. 그 순간 노인이 막대기로 체의 가방 손잡이를 탁 낚아챘다.

"아니, 이놈 말하는 꼬라지 좀 보게나."

체는 목덜미가 잡힌 개마냥 옴짝달싹도 할 수 없었다. 힘이 얼마나 뻗치는지 이대로 있다가는 가방을 뺏길 것 같았다. 체는 막대기를 내치면서 빽 소리쳤다.

"아 씨, 진짜, 왜 남의 가방을 당기고 그래요. 노숙하지 말라면서요. 그래서 간다는데 왜 붙잡고 난리예요."

노인도 지지 않고 소리쳤다.

"아니, 이놈이 그래도. 우리가 이미 한 번 안면을 튼 사이면 당연히 어린놈이 먼저 와서 도사님, 그동안 잘 지내셨습니까 하고 인사를 하는 게 마땅한데, 어디 생전 처음 본 지간처럼 안면을 깔고 쌍소리를 뱉는 것이냐. 느이 집에서는 그렇게 가르치더냐."

노인은 체의 목에 막대기를 걸어 앞쪽으로 쭉 잡아당겼다. 체는 힘 빠진 나귀처럼 또 질질 끌려갈 수밖에 없었다. 노인이 흠흠, 하고 뒷짐을 지며 말했다.

"자, 이제 격식을 차리고 인사해 보아라."

체는 코웃음을 픽 쳤다. 격식은 개뿔.

"아니, 이놈이, 예가 어디라고 코웃음을 쳐."

노인이 막대기로 체의 이마를 다시 딱 때렸다. 그 순간 체가 불같이 달려들면서 소리를 빽 질렀다.

"아 씨, 진짜, 왜 때려요!"

체는 메고 있던 가방까지 집어던지며 길길이 날뛰었다.

"가만히 있는 사람을 왜 때리냐고요, 왜! 안 그래도 기분 더러워 죽겠는데. 씨발, 내가 작다고 무시하는 거예요? 작은 사람은 이렇게 개 패듯 패도 돼요? 누구는 성질 없어서 참고만 있는 줄 아나."

체가 예상 외로 강하게 나오자 노인은 주춤주춤 물러섰다.

"아, 아니 이놈이 미친 개고기를 삶아 먹었나, 어디서 소리를 바락바락 질러. 내가 언제 너를 개 패듯 팼다고, 이제 보니 이놈이 사람 잡을 놈이네."

"씨……."

뜨거운 김을 내뿜으며 한참을 씩씩대던 체는 천천히 어깨를 진정시켰다. 가쁘게 몰아쉬던 숨이 조금씩 가라앉고 사납게 올라간 눈도 다시 제자리를 찾아갔다. 그러고 나니 노인에게 너무했다는 생각이 들었다. 어쨌든 할아버지 뻘인데. 체는 잔뜩 치켜세운 목을 푹 숙이며 말했다.

"죄송해요, 제가 갑자기 너무 흥분을 해서…… 용서하세요."

노인이 짧은 수염을 쓰다듬으면서 말했다.

"이놈이 이제야 제정신이 돌아왔구만. 내, 간이 개미 똥꾸녕만치 줄어들었지 뭐냐."

체는 노인의 발을 힐끔 바라보았다. 상처 하나 보이지 않고 발목이 통나무처럼 단단했다.

"뱀한테 물린 건 다 나으셨나 봐요."

노인이 눈을 가느다랗게 뜨고 대꾸했다.

"그래도 니가 아주 근본 없는 놈은 아니구나. 잠시 눈에 마가 끼었던 거지. 그래, 니 덕분에 흉 하나 지지 않고 깨끗이 나았다."

체는 뒷머리를 긁적긁적거렸다.

붉은 노을이 넓게 퍼지면서 따갑게 내리쬐던 햇볕이 차츰 사그라들었다. 산이라서 그런지 저녁이 일찍 오고 있었다.

"그럼 안녕히 계세요. 전 이만 가 보겠습니다."

체는 노인에게 꾸벅 인사를 하고 돌아섰다. 그런데,

꾸르르르르륵.

"배고프냐?"

여름 밤하늘에 별이 총총히 떴다. 바위에 나란히 앉은 노인과 체의 발치에 빈 빵 봉지 두 개가 곱게 접혀 있었다. 체가 별을 보며 이야기했다.

"할아버, 아니, 도사님, 죽으면 별이 된다는 게 사실이에요?"

"글쎄다, 아직 죽지 않아서 잘 모르겠구나."

"도사님도 모르시는 게 있네요."

"아, 그거야 당연하지 않느냐. 하느님도 모르는 일이 있으실 거다."

"하느님도 모르는 일이 있다고요?"

"그렇지 않겠느냐. 세상 모든 일을 다 알면 지루해서 어떻게 살겠느냐. 내 생각하기에는 하느님도 모르는 일이 억만 가지는 넘게 있을 것이다."

하늘을 훑던 체의 눈길이 가장 작은 별 하나에 멈추었다.

"도사님, 전 죽어서 별로 다시 태어날 수 있다고 해도 별 같은 건 되고 싶지 않아요."

"이유가 무엇이냐?"

"너무 작잖아요. 전 작은 건 싫어요. 다시 태어나면 큰 걸로 태어나고 싶어요. 산이나, 바다나, 그런 것들이요."

"모르는 소리. 실상 별에 비하면 산이나 바다는 티끌만도 못한 것을."

"그래도 보기에는 작잖아요. 여기서 보면 손톱만도 못한데

실제로 큰 게 무슨 소용이에요. 보이는 게 가장 중요한데……."

노인이 흐음, 하며 지그시 눈을 감더니 체에게 물었다.

"왜 그렇게 작은 걸 싫어하느냐?"

체는 그 별에서 눈을 떼지 않은 채 대답했다.

"도사님, 작은 건요…… 불쌍한 거예요. 초라하고요, 무시당하고요, 밟히고, 깨져서 결국 죽는 거예요."

"……."

노인은 말이 없었다.

고개를 숙이던 체는 개미 한 마리가 신발 끄트머리를 넘어가기 위해 안간힘을 쓰는 것을 보았다. 체는 가만히 개미를 집어 올려 바위 가까이에 놓으며 말했다.

"이것 보세요. 개미는 이렇게 작으니까, 제가 당장이라도 발바닥으로 비벼서 죽일 수도 있잖아요. 진짜 불쌍한 인생 아니에요?"

체는 개미 옆을 발바닥으로 세게 비볐다. 개미는 갑자기 움직이는 물체에 어쩔 줄 모르며 신발 주위를 빙글빙글 돌았다.

노인이 말했다.

"비록 니가 그 개미 한 마리를 당장 죽일 수는 있다고 하나, 개미 세계 전체를 무너뜨릴 수는 없지 않느냐. 오히려 이 개미의 죽음이 전해지고 전해지면 개미들은 더 강한 방어 체계를 만들 것이고 더 힘을 기를 것이다. 멀리 보면 그렇게 해서 개미들은 진화하는 것이 아니겠느냐."

체는 천천히 고개를 가로저었다.

"제가 아는 사람은…… 죽으면 그냥 끝이던데요."

체가 발을 슬쩍 치우자 개미는 꽁무니가 빠지도록 잽싸게 도망갔다. 그사이 어둠이 더 짙어지고 있었다.

"밤이 깊어 가는데 집에 안 가도 되느냐?"

"별로 가고 싶지가 않네요."

"집이 없어 거리에서 방황하는 사람들이 차고 넘치는 세상에 좋은 집을 놔두고도 가기가 싫다니."

"집뿐만이 아니에요. 아무 데도 가고 싶지가 않아요."

"그럼 무엇을 하고 싶으냐?"

"하고 싶은 것도 없어요."

"하나도? 어린놈이 왜 이리 패기가 없어."

체는 잠시 생각에 빠진 듯 고개를 숙였다가 말했다.

"죽는 거요. 아니, 죽는 게 아니라 처음부터 태어나지 않은 상태로 돌아가고 싶어요. 태어나지 않는 게 훨씬 행복했을 거예요."

노인이 펄쩍 뛰듯이 소리쳤다.

"예끼, 그런 말을 뱉어서는 안 되느니라. 여기 흙과 나무와 바람, 하늘과 별, 우주가 다 네 말을 듣고 있지 않느냐. 무엇보다도 너의 혼이 그 소리를 듣고 있어."

"들으라죠 뭐."

체는 상관없다는 듯 내뱉었다.

체가 싱겁게 나오자 노인은 겸연쩍은 듯 수염을 쓸어내렸다. 그리고 은근한 목소리로 물었다.

"도대체 무엇 때문에 그런 못된 생각을 하는 것이냐?"

체는 굽히고 있던 다리를 쭉 편 뒤 손으로 두 무릎을 탁 쳤다.

"도사님도 아시잖아요. 전 이 두 다리로 멀쩡히 걸을 수 있어도 정상이 아니에요. 난쟁이, 난쟁이, 다 그렇게 부르는데요 뭐."

노인이 말했다.

"그런 말들에 흔들릴 것 없다. 누구 하나 제 모습에 만족하며 사는 사람은 없는 법이니라. 문제는 다른 사람이 널 어떻게 보느냐가 아니라 네가 너 자신을 어떻게 보느냐, 그거 아니더냐."

체는 고개를 절레절레 흔들면서 대꾸했다.

"그런 위로는 하도 많이 들어서 이젠 지겨워요. 제가 어떻게 생각하든 다른 사람이 절 난쟁이, 라고 부르면 저는 난쟁이가 되는 거예요. 그리고 도사님, 전 만족을 바라는 게 아니에요. 그냥, 남들처럼 평범하기만 했어도, 이 두 다리가 눈에 띄지만 않아도 좋겠어요."

노인은 가부좌를 틀고 두 눈을 꼭 감은 채 말이 없었다. 체는 분위기를 살피다가 천천히 일어섰다.

"도사님, 저 이제 진짜 가 볼게요. 안녕히 계세요."

늪에 빠진 것처럼 옮기는 발길마다 땅이 푹푹 꺼졌다. 그때였다. 체가 천막을 지나 산등성이로 올라가려는데 노인의 목소리가 들려왔다.

"키만 크면 네가 하고 싶은 걸 다 이룰 수 있을 것 같으냐?"

체는 발걸음을 멈추었다. 이미 몇천 번이나 자신에게 물어본 질문이었다.

키만 크면 뭐든지 다 할 수 있을 것 같지?

응.

그건 진리였다. 그러나 진리임과 동시에 불가능이었다. 체는 아무 말 없이 다시 발을 떼었다. 그때, 또다시 노인의 목소리가 들려왔다.

"정 그렇다면 방법이 하나 있긴 한데……."

체는 급히 몸을 돌려 노인을 쳐다보았다. 별빛을 받은 노인의 백발이 후광처럼 빛나고 있었다.

10

"야, 일어나 봐."

어둠이 짙게 깔린 방 안. 체가 합의 팔을 흔들며 속삭였다. 그러나 깊은 잠에 빠진 합은 머리끝까지 이불을 뒤집어쓰며 체를 밀어냈다.

"으…… 응, 저리 가."

체는 막무가내로 이불을 걷어 젖히며 목소리를 높였다.

"오합, 일어나 보라니까."

"……."

합은 일어나기는커녕 아예 이불을 돌돌 말아 방 저편으로 데구루루 굴러가 버렸다. 그 모습을 본 체는 더 이상은 기다리지 못한다는 듯 소리를 버럭 질렀다.

"오합!"

그제야 놀란 거북이 된 합이 눈을 깜박거리며 이불 밖으로 목을 쑥 내밀었다.

"뭐야, 몇 신데 그래."

"몇 신지는 알 거 없고, 빨리 옷이나 입어."

합은 눈을 몇 번 더 비비고 나서야 체가 옆에 앉아 무언가를 자꾸 재촉하고 있다는 것을 알았다. 자세히 보니 체의 한쪽 손에 티셔츠와 바지가 들려 있었다.

"뭐 해? 빨리 옷 입으라니까. 이러다 진짜 늦겠어."

초조한 얼굴의 체와 달리 합은 여전히 졸린 목소리로 대꾸했다.

"야아, 너 무슨 소리 하는 거야. 하암, 자던 사람을 갑자기 깨워서 늦겠다니, 도대체 지금 몇 시야?"

머리맡의 알람시계를 확인하니 네 시 사십오 분이었다.

"뭐야, 아직 다섯 시도 안 됐잖아. 야, 너 방학인 거 잊었어? 이게 학교를 두 번이나 빠지더니 이젠 날짜 계산도 안 되나. 너 방학식 날 학교 안 온 것도 내 덕분에 들키지 않은 줄 알아. 엄마한테는 학교에 왔다 그랬고 담임한테는 감기가 심해서 못 온다고 했으니까. 나 아니었으면 너는……."

체는 합의 말을 끊고 다그쳤다.

"야, 지금 그런 얘기 들을 시간 없어. 빨리 옷이나 입어."

"아 왜 자꾸 옷을 입으래."

"갈 데가 있으니깐 그렇지."

"갈 데가 어딘데?"

"지금 여기서 말하긴 그렇고, 어쨌든 옷부터 입고 집을 나가야 해."

"집을 나간다고?"

"그래, 늦겠어. 빨리."

"무슨 소리 하는 거야. 내가 왜 집을 나가야 하는데?"

"너 혼자가 아니라 나랑 같이. 우리 둘이 나가는 거야."

"그러니깐 우리가 왜 집을 나가야 하냐고."

"글쎄 나가서 말해 준다니깐."

"이게 자는 사람 깨워서 갑자기 옷을 입으라고 하질 않나, 집을 나가자고 하질 않나, 그러면서 이유도 안 말해 줘? 싫어, 안 입어. 안 가."

"야, 빨리 좀 일어나. 진짜 이러고 있을 시간이 없다니깐."

"너 아무래도 수상해. 엄마한테 말해야겠어."

합은 눈꺼풀에 남아 있던 마지막 졸음을 분연히 떨쳐 내고 일어나 어둠 속을 걸어 나갔다. 합이 방문 손잡이를 막 돌리려는 순간, 체가 바닥에 배를 깔고 납작하게 엎드렸다. 그러고는 합의 발목을 턱 잡아채며 단말마 같은 소리를 내뱉었다.

"형!"

합은 잠에서 덜 깬 탓에 잘못 들었나 싶었다. 형? 형이라고? 아무래도 헛소리를 들은 것 같아 귀를 후비려는데 체가 아예 무릎까지 꿇고 애원했다.

"형, 내 일생일대 소원이야. 제발, 제발 같이 가 줘."

합이 순순히 티셔츠와 바지를 받아 든 것은 생애 처음으로 체에게 형 소리를 들었기 때문만은 아니었다. 시간이 다섯 시로 향하면서 어둠 속에서 서서히 드러난 체의 얼굴이 엄마한 테 이를 거야, 라는 유치한 고자질로 깨뜨려 버리기에는 너무나 비장했기 때문이다. 체는 머리를 낮게 조아린 자세로 한 번 더 말했다.

"내가 이렇게까지 부탁한 적 한 번도 없었잖아. 하나밖에 없는 동생 살린다고 생각하고 제발 같이 가 줘, 형."

합, 체는 어슴푸레한 빛을 따라 조용히 거실로 나왔다.

"조용, 조용히. 엄마가 깨면 안 돼."

둘은 까치발을 하고 살금살금 안방과 부엌을 지났다.

"먼저 신발 신고 있어."

체가 가만히 속삭이더니 식탁 위에 종이 하나를 놓고 왔다.

"그게 뭐야?"

합도 마찬가지로 속삭이면서 물었다.

"아무것도 아냐, 빨리 나가."

체는 소리가 나지 않게 살며시 문을 닫았다.

"자, 이거 메고. 이제부터 넌 나만 따라오면 돼."

대문 앞. 잡다하게 자리한 화분을 밀쳐 내자 그 뒤에 신문지를 덮어쓴 배낭 두 개가 나란히 뉘어 있었다. 체가 그중에서 하나를 합에게 안겨 주며 말했다. 합, 체의 덩치보다 훨씬 큰, 세계일주 때나 쓸 법한 여행용 배낭이었다.

"이게 뭐야?"

합이 기우뚱하게 가방을 받아 들며 물었다.

"니 가방이잖아."

체는 뭐 그런 거를 물어보냐는 듯 대꾸했다.

"가방은 왜?"

"넣을 수 있는 건 최대한 많이 넣었어. 옷 같은 건 별 필요도 없으니까 바지 하나랑 티셔츠만 가져왔고, 팬티도 두 장만 챙겼는데 괜찮지? 그래도 니 게 좀 더 가벼우니까 고마운 줄 알아. 봐, 나는 이 옆에 농구공까지 매달고 가잖아."

정말로 체의 가방 옆구리에 농구공이 달랑달랑 매달려 흔들리고 있었다. 합은 아닌 밤중에 홍두깨를 맞은 얼굴로 물었다.

"뭐야, 오늘 하루만 가는 게 아니었어?"

"......"

체는 아무 말 않고 앞장서서 언덕을 걸어 내려갔다. 새벽빛의 푸르스름한 안개가 언덕 아래에서부터 층층이 쌓여 있었다. 조금 더 내려가자 두 다리는 안개에 묻혀 온데간데없고 체의 얼굴만 파란 바다 쪽배처럼 둥둥 떠다녔다.

"야, 이런 짐이 왜 필요하냐고. 도대체 어디를 가는데?"

합은 안개 속으로 사라지는 체를 향해 소리쳤다.

"......"

체는 또 대답이 없었다.

"야, 너 내 말 안 들려?"

합이 더 크게 소리를 지른 뒤에야 체가 걸음을 뚝 멈추고 뒤를 돌아 보았다. 단호한 눈빛. 잠깐 동안 합을 바라보던 체가 무언가를 꾹 누르는 듯 낮은 목소리로 말했다.

"형! 제발!"

저놈의 형 소리. 합은 체를 따라 넘실대는 푸른 안개 속으로 뛰어들 수밖에 없었다.

합, 체가 첫 시간 버스를 타고 다다른 곳은 서울역이었다. 체는 매표소에서 기차표 두 장을 끊어 한 장을 합에게 건넸다.

"자."

"이게 뭐야?"

"기차표잖아."

이번에도 체의 표정은 덤덤했다.

"무슨 기차표냐고."

체는 대답은 하지 않고 저 혼자서 플랫폼을 향해 다부지게 걸어갔다. 합은 체가 준 기차표를 들여다보았다.

서울 — 대전.

"야, 대전은 또 뭐야. 아이, 씨."

합은 배낭을 뒤뚱뒤뚱 흔들며 체에게 달려갔다.

"야, 너 정말 제정신이 아니구나."

체는 플랫폼 벤치에 앉자마자 가방에서 삼각김밥 하나를 꺼내 우적우적 삼켰다. 새벽부터 체력 소모가 컸던 탓에 일찍 허기가 졌다. 합에게도 하나 주었지만 합은 김밥엔 눈길 한 번 주지 않고 체의 주위만 빙빙 돌며 질문과 애원과 협박을 골고루 쏟아 냈다.

"무슨 일 때문에 이러는 거야", "도대체 대전은 왜 가는 건데", "왜 하필 대전인데", "야, 말 좀 해 봐", "자꾸 이러면 나 확 가 버린다".

합이 소리를 지르든 말든 체는 눈썹 하나 까딱하지 않고 김밥만 쩝쩝 씹어 댔다. 한번씩 귓가에 맴도는 모기를 내칠 때처럼 합을 향해 손사래를 치면서. 체가 김밥을 다 먹었을 때쯤 저 멀리서 기차가 들어오고 있었다. 문이 열리자 체는 아무 말 없이 가방을 메고 기차에 올랐다.

"야, 너 정말 탈 거야?"

합이 등에 대고 소리를 빽 질렀지만 체는 뒤도 돌아보지 않고 자기 자리를 찾아갔다. 그런 다음 무릎에 가방을 턱 올려놓고 창문 너머로 합을 물끄러미 바라보았다. 합은 이러지도 저러지도 못한 채 계속 플랫폼을 왔다 갔다 하며 체가 있는 창문을 두드렸다.

"야, 난 안 가. 절대 안 갈 거니까 가고 싶음 너 혼자 가."

입을 꾹 다문 체는 우두커니 앉아 합을 내려다보기만 했다. 새벽에 합의 발목을 잡고 애원하던 모습은 온데간데없이 사라지고 이제는 너 알아서 해라, 그런 태도였다. 화가 난 합은 "나 진짜 간다" 하고 소리치더니 정말로 기차를 등지고 걸어가 버렸다. 그때, 플랫폼 가득히 기관사의 목소리가 퍼졌다.

"서울발 대전행 기차가 지금 막 출발하오니 아직까지 탑승을 안 하신 승객께서는 속히 탑승하여 주시기 바랍니다. 다시 한 번 말씀드립니다. 기차가 지금 바로 출발할 예정이오니……."

에잇!

계단으로 올라가던 합이 일순간에 방향을 바꿔 기차에 몸을 던졌다. 복도를 거쳐 자리에 오니 체가 그럴 줄 알았다는 표정으로 실실 웃고 있었다. 합은 체의 얼굴을 향해 퍽 소리가 날 정도로 가방을 세게 내던졌다.

"지금부터 내가 하는 말 잘 들어."

기차가 출발함과 동시에 체가 이야기를 시작했다.

"내가 봄에 뒷산 약수터에 한 번 간 적이 있었거든. 근데 웬 할아버지가 땅에 쓰러져 있는 거야. 한 이만 한, 이름만 뱀이지 진짜로 용만 한 뱀한테 물려서 온몸에 피를 철철 흘리고 있는데 내가 발견했을 때는 진짜 거의 다 죽은 거나 마찬가지였어. 피바다가 뭔지 내가 실제로 봤다는 거 아냐. 근데 내가 죽음을 무릅쓰고 그 뱀독을 다 빼 줬거든. 아, 뭐, 그렇게 놀랄 건 없어. 사람이 위급한 상황에 처하면 자기도 모르던 힘이 발휘된다는 게 진짜 맞나 봐. 나도 내가 뱀독을 빼는 능력이 있는 줄 몰랐는데 하다 보니까 되더라고. 어쨌든 그렇게 해서 그 할아버지랑 알게 됐는데, 그런데 말이야, 나중에 알고 보니까 그 할아버지가 할 일없이 동네만 왔다 갔다 하는 그런 할아버지가 아니라……."

체는 목을 길게 빼고 주위를 두리번거린 뒤 목소리를 낮추었다.

"들어는 봤나, 부업은 약수도사, 본업은 계도사라고."

합은 아무 말 없이 심각한 얼굴로 체의 설명을 듣고만 있었다. 합의 진지한 자세에 흥이 난 체는 이야기를 계속했다.

"그 뱀독을 빼 준 인연으로 그 도사님이 나한테 생명의 빚을 진 거지. 이건 내가 지어낸 말이 아니라 도사님이 직접 하신 말씀이야. 눈물을 펑펑 흘리시면서 나는 너에게 생명의 빚이 있다, 그렇게 말했다니깐. 그리고 그 빚을 갚는 셈치고 한평생 아무한테도 발설하지 않았던 비기를 나한테 전수해 주셨어."

합은 조개껍데기 같은 입을 버엉 벌린 채로 물었다.

"그 비기란 게 뭔데?"

체는 침을 꿀꺽 삼킨 뒤 합의 귀를 잡아당겼다. 그리고 누가 들을세라 작은 목소리로 속삭였다.

"키가 클 수 있는 비기."

철컥, 철컥, 철컥. 레일을 달리는 기차 소리가 컸다. 아직도 자기 자리를 찾지 못했는지 한 남자가 두리번거리며 기차 통로를 왔다 갔다 했다. 맞은편에는 단체 여행을 떠나는 남녀 무리가 시끌벅적한 게임을 하고 있었다. 돌아가며 이마에 꿀밤을 때리고, 엎드린 남자의 등을 손바닥으로 두드리며 큰 소리로 노래를 불렀다.

합, 체 둘 사이에는 한참 동안 아무 말도 없었다. 덜컹거리는 기차 소리만이 하얀 공백을 메워 주고 있었다. 체는 그 하얀 공간에 밑그림을 그리고 색을 칠해 가며 다시 이야기를 시작했다. 이번에는 아까보다 훨씬 더 오랜 시간과 자세한 설명이 필요했다. 얼마 후, 체의 길고 긴 이야기가 드디어 막을 내렸다. 체는 조바심 나는 눈으로 합의 반응을 기다렸다. 어쩌면 감격에 찬 나머지 기차가 떠나가라 환호성을 지를지도 모를 일이었다. 그런데,

피식.

분명한 비웃음. 체의 기대와 달리 합은 한쪽 입꼬리를 심하게 뒤틀며 코웃음을 쳤다.

"야, 너 정말 제정신이 아니구나. 진짜 그 말을 믿는 거야?"

"당연히 믿지."

"그게 말이 되냐?"

"왜 말이 안 돼?"

"왜 말이 안 되는지 하나하나 설명해 줘? 첫째, 그 약수도사란 사람이 집도 없이 뒷산에서 돌아다닌다고 그랬지. 그런 사람은 보나마나 노숙자 아니면 사기꾼이야. 진짜 도사라면, 아니, 지금 이 시대에 도사란 게 있을 리 없으니까 이건 말할 필요도 없고, 둘째……."

체가 재빨리 합의 말을 가로챘다.

"내가 몇 번이나 말했잖아. 정말 사기꾼이나 노숙자 같은 거

아니래도. 날 보자마자 내가 쌍둥이라는 걸 귀신같이 알아맞
혔다니깐."

"그거야 대충 때려잡은 거겠지. 아니면 너도 모르는 사이에
말을 흘렸거나. 원래 그런 사람들은 그런 거 주워듣는 데 귀신
이라더라. 조용히 해 봐, 그리고 둘째, 비기? 웃기고 있네. 사
기가 진짜 그런 걸 아는 실력이나 되면 왜 거기서 거지처럼 돌
아다니고 있는데? 철학관을 차렸어도 백 번은 차렸겠다. 마지
막으로 셋째, 이게 가장 중요한 건데, 야, 너 상식적으로 그런
걸로 키가 클 수 있다는 게 말이 되냐? 차라리 니가 말했던 것
처럼 다리에 철심 박고 2년 동안 휠체어에 앉아 있는 수술을
받는 게 나을 것 같다. 내가 왜 그런 정신 나간 소리를 듣
고……."

체가 다시 합의 말을 가로챘다.

"야, 너 하느님 믿는다고 했지?"

"믿지."

"예수님도 믿지?"

"믿지."

"그럼 예수님이 죽었다가 부활한 것도 믿겠네?"

"무슨 소리를 하려고?"

"니가 좋아하는 그 논리로 한 번 생각해 봐. 죽었다가 다시
살아나는 게 쉬울지, 쪼그맣다가 커지는 게 쉬울지."

"야, 그건 경우가 다르잖아."

"왜 경우가 다른데?"

"하느님은 신이고 예수님은 신의 아들이잖아. 그러니깐 부활한 거지 아무나……."

"합, 성경에서 그러지 않던? 우리들도 다 하느님의 아들이라고."

"……."

"하느님의 아들이 키 좀 크겠다는데 그게 그렇게 말도 안 되는 일이야?"

"야, 너 니가 하는 말이 얼마나 모순인 줄 알아? 하느님은 기독교이고, 니가 말하는 그 사이비 도산지 뭔지는 굳이 말한다면 도교 같은 거야. 물론 나야 도교에 넣어 주고 싶지도 않지만. 그런 논리로 한다면……."

"그럼 예수님이 앉은뱅이를 일으켜 세우시고 눈먼 사람을 눈 뜨게 해 줬다는 것도 도교냐?"

"글쎄 그건 다른 거래도."

"어떻게 다른데?"

"예수님이 행하신 건 기적이고, 그 사이비 도산지 뭔지는……."

"그러니까 니 말은 예수님은 기적을 일으킬 수 있는데 계도사님은 그럴 수 없다는 거지?"

"뭐, 말하자면 그런 거지."

"그럼 계도사님이 하느님이 나에게 보내 주신 전령 같은 거면?"

"야, 너 진짜 머리가 어떻게 된 거 아냐? 몇 번을 말해. 그 두 개는 완전 다른 거라니깐. 애초에 파가 다른 거야. 하느님이 보시기에 그 도사는 사이비 이단이고 그 도산지 뭔지도 하느님을 아예 안 믿고. 제발 정신 좀 차려. 그런 사이비에 한번 빠지면 패가망신한다던데, 니가 우리 오씨 집안을 망하게 하려고 작정을 했구나."

휴우우.

체는 긴 한숨을 내쉬더니 합에게서 얼굴을 돌려 창밖을 바라보았다. 치열하던 대화가 끊기자 불그죽죽 달아오른 합, 체의 얼굴도 원래의 색깔을 찾아갔다. 한참 후, 체가 먼저 입을 열었다.

"합, 지금까지 우리한테 키가 더 클 수 있다고 말해 준 사람이 있었냐?"

"엄마."

"엄마 빼고."

"아버지."

"아버지는 없으니까 제외고."

"……."

"한 명도 없었지. 그런데 도사님은 키가 클 수 있다고 말했단 말이야. 절망 속에서 희망을 주었다고. 그러면 겉모습이 도사든, 노숙자든, 사기꾼이든 하느님이 보내 주신 전령이라고 믿어도 되는 거 아니냐?"

"언제부터 그런 열렬한 광신도가 됐냐? 교회도 안 가면서."

"교회는 안 다녀도 믿음은 있다 이거야."

"하여튼 난 안 믿어. 도대체 말이 돼야지."

"합, 너는 니가 세상에서 벌어지는 일을 다 안다고 생각하냐?"

"다는 아니지만 최소한 이성적으로 판단할 수는 있지."

"그건 이성을 넘어선 분야에 대해선 모르는 게 많다는 뜻이지?"

"야, 너 진짜⋯⋯."

"니가 공부 좀 한다고 세상일까지 다 설명할 수 있다고 생각하지 마라. 그런 거 밥맛이니까."

"이게 같이 와 줬더니."

"그러니깐 이왕 같이 와 줬으면 기쁜 마음으로 협조를 해야지 왜 자꾸 딴죽을 걸어서 사람 기분을 개죽으로 만들어?"

"말이 안 되니깐 그렇지."

"말이 안 되긴 뭐가 말이 안 돼. 나처럼 조금만 다르게 생각해 보면 다 이해가 가는데 니가 융통성이 없으니까 자꾸 이해가 안 되는 거 아냐. 너처럼 이해력이 낮은 애가 어떻게 공부는 그렇게 잘하는지 나는 니가 제일 이해가 안 된다."

체가 쉴 틈도 주지 않고 쏘아 대자 합은 말이 안 통한다는 듯 머리를 절레절레 흔들었다.

"근데, 니가 크면 컸지 왜 나는 같이 가자는 건데?"

"도사님이 그랬다고 했잖아. 너도 같이 가야 한다고. 우리는 이름도 그렇고, 쌍둥이라서 서로한테 기를 줘야 한대."

"참 나, 사기꾼이라서 말은 잘해."

"자꾸 사기꾼, 사기꾼 하지 마. 내 평생의 은인이니까."

"너 그럼 진짜 33일 동안이나 거기 있을 작정이야?"

"그렇다고 했잖아. 너도 같이."

"야, 너 우리가 지금 방학이라고 놀러나 다니는 초딩인 줄 알아? 아니다, 요즘은 초딩이 가장 바쁘구나. 정신 차려. 우리 고1이야. 고1. 고1한테 여름방학이 얼마나 중요한지 알기나 해?"

"너만 고1이야? 나도 고1이야."

"그걸 아는 애가 그런 허튼 소리에 귀가 멀어서 거기까지 간다고?"

"합, 너 키 크고 싶지 않냐?"

"크고 싶지."

"얼마만큼?"

"많이."

체는 합 앞으로 무릎을 바싹 당겨 앉았다.

"33일을 투자해서 키가 클 수 있다면 그 뭐냐, 기회비용인가? 방학 동안 독서실에 틀어박혀서 수학 점수 몇 점 올릴 수 있는 기회비용보다 훨씬 가치가 큰 거 아니야?"

"어쭈, 기회비용까지 들먹여?"

"범생이니까 수준을 맞춰 주는 거다."

"그건 키가 클 수 있다는 보장이 있을 때나 쓰는 거지. 확신도 없는데 성적을 올릴 확실한 기회를 날리는 게 효율적이라고 생각하냐?"

"어쭈, 효율? 그래, 니가 그렇게 나올 줄 알았어. 그래서 준비한 게 있지."

체는 발 밑에 두었던 가방을 들어올리더니 지퍼를 열고 그 안에서 책 한 권을 꺼내 합에게 건넸다.

"이게 뭐야?"

"니가 죽고 못 사는 영어단어집이다."

합이 언제나 들고 다니며 주문을 외우는 고교 필수 영단어 5000이었다.

"이걸 갖고 왔어?"

"그것만 갖고 왔는지 아냐?"

체는 지퍼를 쭉 벌려 가방에 든 것을 활짝 펼쳐 보였다. 지퍼가 터져라 꾸역꾸역 넣은 책들이 의자 위로 와르르 쏟아졌다. 합이 책들을 뒤적거리며 물었다.

"이게 다 내 책이냐?"

"그럼 내 책이겠냐? 나는 뭐냐, 수학의 정석? 이런 건 사지도 않았어."

"……."

체는 다시 합을 향해 등을 잔뜩 구부리며 말했다.

"너한테 공부하지 말라는 게 아냐. 오히려 산속이니까 방해하는 사람도 없어서 공부도 잘될 거고, 그리고 수련을 하면 체력도 좋아질 테니까, 공부도 하고 체력도 기를 수 있잖아. 너 만날 독서실에 앉아만 있으면 그 뭐냐, 치질? 그런 거 걸린다니까."

"눈물 나게 고맙다."

"눈물까진 바라지 않고, 더 이상 태클이나 걸지 마. 난 내 인생 전부를 여기다 걸었으니까."

"……."

합은 대답이 없었다. 체가 합의 무릎을 흔들며 다그치듯 물었다.

"형, 같이해 줄 거지? 도사님이 꼭 같이해야 한다고 했단 말이야."

"넌 니 불리할 때만 형이라고 부르냐?"

"형, 형, 형, 형, 같이할 거지?"

체가 간지럼을 태우자 합이 몸을 비비 꼬며 대답했다.

"아, 저리 가. 아, 그만, 그만해."

"한다고 말해, 빨리. 말 안 하면 계속할 거야."

합은 실실 터져 나오는 웃음을 참으며 체의 손을 붙들었다.

"할게. 할 테니까 이 손 좀 치워."

원하는 답을 들은 체는 만족스러운 듯 손뼉을 한 번 탁 치며 의자에 등을 기댔다. 합은 여전히 간지러운지 몸을 긁어 가며 중얼거렸다.

"난 도대체 뭐가 뭔지 하나도 모르겠다."

체는 눈을 찡긋했다.

"그래도 아까보단 발전했네."

간식거리를 파는 아저씨가 복도 멀리서 다가오고 있었다. 사람들이 부를 때마다 아저씨는 멈춰 서서 오징어니 음료수니 하는 것들을 내주었다. 그 모습을 본 합이 물었다.

"근데 우리 거기서 뭐 먹고 사냐? 도사들은 식욕을 이겨 내는 수련을 한다고 들었는데, 혹시 33일간 단식까지 해야 하는 거 아냐? 야, 난 그건 절대 못해."

"우리가 지금 키 크러 가지 도사 되러 가는 줄 아냐? 걱정 마. 한 달 동안 먹을 식량을 다 챙겨 왔으니까. 이 정도면 넉넉할 거야."

"몰래 짐 챙기느라고 어제 하루 종일 안 보였구나."

체는 흐뭇한 표정을 지으며 눈을 감았다. 가장 큰 난관이라고 생각한 합까지 설득하고 나자 긴장이 풀리면서 잠이 쏟아졌다. 체는 얼마 안 가 의자 등받이에 머리를 기대고 잠이 들어버렸다. 색색거리는 체의 숨소리를 듣고 있던 합은 곧 영어단어집을 펼쳐 들었다. 이왕 이렇게 된 거 공부나 하자, 시간은 금이다. 합의 신조였다. 기차는 도시를 지나 시골로 들어선 지 오래였다. 탁 트인 평야에 심긴 초록 식물들이 인사를 하듯 바람에 몸을 흔들었다.

기차가 세 번째 역에 다다랐을 무렵 합이 보고 있던 책을 덮고 급하게 체의 다리를 흔들었다.

"야, 오체, 일어나 봐."

체가 가느다랗게 눈을 뜨며 잠긴 목소리로 대꾸했다.

"왜?"

"그러고 보니까 우리, 엄마한테도 말 안 하고 왔잖아? 우리 없어졌다고 경찰에 신고하면 어떡해? 휴대폰 어딨어? 우선 전화라도 해야지."

"휴대폰은 무슨, 그런 거 안 가지고 왔어."

"왜? 휴대폰 없이 어떻게 연락을 하려고."

체는 피곤하다는 듯이 대꾸했다.

"답답한 소리 하고 있네. 야, 생각을 좀 해 봐라. 지금 와서 전화하면? 엄마가 어이쿠, 잘 다녀오세요, 그러겠냐? 당장 돌아오라고 할 게 뻔한데 어떻게 전화를 해? 또, 휴대폰 가지고 있다가 엄마가 위치 추적해서 쫓아오기라도 하면? 그땐 수련이고 뭐고 다 끝나는 거야. 어차피 산이 너무 깊어서 휴대폰도 안 터질 거고."

"그럼 어떡하려고. 말도 없이 우리 없어진 거 알면 엄마 난리 날 텐데."

체는 기지개를 쭉 켜며 여유롭게 대답했다.

"걱정 마, 그럴 일은 없을 테니까."

"왜?"

"내가 편지를 아주 잘 써 두고 왔거든. 격식 있게."

"편지 하나 갖고 되겠어?"

"너무 걱정 말래도. 33일 후를 생각해 봐. 우리가 키가 커서 돌아왔는데 설마 엄마가 때리기야 하겠냐? 모르지, 아예 동네 사람 다 불러 놓고 잔치를 벌여 줄지도."

체는 씨익 웃은 뒤 차창에 머리를 기대고 다시 눈을 감았다. 걱정스런 얼굴로 책과 창밖을 번갈아 보던 합도 얼마 지나지 않아 손에서 책을 놓치고 스르르 잠이 들어 버렸다. 기차는 잠든 형제 합, 체를 싣고 쭉 뻗은 레일 위를 힘차게 달려 나갔다.

어머니께

어머니, 저희 합, 체는 방학을 맞이해서 오늘부터 수련을 갈 생각이에요. 어떤 훌륭하신 분이 추천해 주신 곳이니 안심하셔도 좋아요. 가출을 한 게 아니니 경찰에 신고를 한다거나 하지는 말아 주세요.

왜 갑자기 수련이냐, 또 무슨 수련이냐 하시겠지만, 지금 여기에 모든 것을 설명하기는 좀 벅차네요. 어쨌든 우리가 큰 전환기를 맞았고, 이 기회를 잃는다면 평생 후회하게 되리란 것만 말씀드릴게요.

방학 끝나기 전에 깜짝 놀랄 모습으로 돌아올 테니 기대하고 있으세요.

효자가 될 불효자 합, 체 올림

11

"계룡산은 예부터 신들의 천국이라 불리며 유불선의 교리를 배우려는 자들로 늘 북적이던 곳이다. 계룡의 계가 무엇이냐, 닭 계(鷄)다. 룡은 또 뭐냐, 용 룡(龍)이다. 천지에 흔하디흔해 천하기까지 한 것이 닭이고, 귀하다 못해 유무의 존재조차 의심받는 것이 용 아니더냐. 헌데 계룡산은 그 닭과 용을 함께 품고 있는 것이다. 자, 그것이 무엇을 의미하는지 말해 보아라. 뭘 그리 오래 생각하는고. 모르겠느냐? 쯧쯧, 요즘 학교에서는 뭘 가르치기에 이리도 생각이 더뎌. 아, 쉽지 않으냐. 닭이 용으로 변할 수 있다는 것이다. 닭을 용으로 변화시킬 수 있는 곳, 천지의 미물이 거물로 거듭나고, 팔푼이가 십분이로 다시 태어날 수 있는 곳, 뜻만 있으면 백치가 신선이 될 수 있는 곳, 그곳이 바로 계룡산이니라. 이제야 고개를 끄덕이는구나. 자,

그럼 내가 왜 너에게 계룡산의 뜻을 전해 주는지 말해 보아라. 또 뭘 그리 우물쭈물하는고. 이번에도 모르겠느냐. 아이고, 답답한지고. 아무래도 내가 언제 한번 느이 학교에 가서 고놈의 교육을 확 뜯어고쳐야겠구나. 도대체 학교가 어떻게 돌아가기에 이리 쉬운 답 하나도 속 시원히 내질 못해. 쯧쯧, 대가리만 컸지 그 속은 텅텅 비었나 보다. 아이, 그렇다고 그렇게 고개를 팩 숙일 건 또 뭐냐. 자고로 사내 녀석이라면 글 모르는 까막눈이라도 아무거나 던져 보는 배짱이 있어야지, 조금 언성을 높였다고 기가 팍 죽어서리, 아까 개처럼 대들던 놈은 어디 가고. 아이고, 이놈. 이제야 실금실금 웃는구나. 니가 생각하기에도 아까 네놈 하던 짓이 개같긴 했나 보구나. 뭐야, 내 속이 좁다고? 이놈이 이제 도사한테 통을 쏠 정도의 여유까지 생겼고만, 껄껄껄껄. 가만, 내가 이렇게 웃고 있을 때가 아니지. 어디까지 말했더라? 아, 옳거니, 왜 너에게 계룡산에 대하여 말하는지를 맞혀 보라고 했지. 왜겠느냐? 뭐? 좀 더 크게 말해 보아라. 사내답게 당당하게. 옳거니, 그래, 바로 그거다. 이제야 머리에 기름칠을 했나 보구나. 맞다. 계룡산으로 가거라.”

“야, 거기가 맞아? 그쪽은 ‘등산로 폐쇄 지역’이라잖아. 글씨 안 보여?”

“조용히 따라오기나 해. 도사님이 그려 준 지도를 보면 이쪽이 확실하니까.”

"그러다가 들키면 어쩌려고? 그런 데 맘대로 들어가면 벌금 물어."

"쫌스럽긴. 안 들키게 잘하면 될 거 아냐. 여기에 잠깐 앉아 있다가, 저기 저 사람들 보이지? 저 사람들이 언덕 밑으로 내려가면 우리는 이 수풀로 빠지는 거야."

"아이 씨, 이런 불법은 하고 싶지 않은데."

열댓 명쯤 돼 보이는 남녀 혼합 무리가 왁자지껄한 소리를 내며 언덕바지를 막 내려가고 있었다. 합은 체의 뒤꽁무니에 착 달라붙어서 그 사람들이 산 너머로 사라지기만을 기다렸다. 그런데 자꾸 심장이 쿵쾅쿵쾅댔다. 이왕 온 것이니 체의 지휘에 따라야 하긴 했지만, 산행 금지라고 쓰인 붉은 팻말을 넘어야 한다는 것은, 지하철 에스컬레이터 두 줄 서기와 우측 통행을 생활화하는 합의 구미에는 영 맞지 않는 일이었다. 그래도 다행히 수풀이 밀림처럼 우거져 있어 팻말만 잘 넘어가면 들킬 염려는 없을 것 같았다. 맨 뒷줄에서 가고 있던 여자가 그림자만 길게 남긴 채 언덕 아래로 사라지자 체가 재빠르게 손짓을 하며 속삭였다.

"야, 지금이다. 빨리 움직여."

"알았어."

합, 체는 이때다 싶어 얼른 산행 금지 팻말을 뛰어넘었다. 둘의 등 뒤로 나뭇잎들이 커튼같이 쳐지면서 공간 이동을 한 듯 합, 체의 모습이 사라졌다. 오랫동안 사람들의 발길을 타지 않은 탓에 이제는 한 발 한 발 내딛기가 힘들 정도로 울퉁불퉁 해진 산길, 그 끝도 없는 길 위로 몇백 년은 됐음 직한 나무들이 고슴도치 가시처럼 빼곡히 들어차 있었다. 삐죽한 침이 돋아나 있는 풀들이 자꾸 발목을 잡아당기며 종아리에 빨간 생채기를 그었다. 합, 체는 각자 긴 나뭇가지를 하나씩 주워 지팡이로 삼은 다음 발목을 잡아채는 거친 풀들을 뜯어내면서 길을 재촉했다.

그렇게 한참을 걸어가니 울림은 점차 끝이 나고 집채만 한 바위들이 침입자를 물리치려는 모양새로 길을 가로막고 있었다. 합, 체는 먼저 가방을 바위 너머로 던져 둔 뒤 끙끙거리며 바위를 올랐다. 햇볕에 달구어진 바위는 따뜻하다 못해 불 오른 온돌 바닥처럼 뜨끈뜨끈해 살짝 닿기만 해도 그대로 구워질 것 같았다. 간신히 바위를 넘고 나니 이번에는 산을 두 편으로 가르는 계곡이 나타났다. 합, 체는 먼저 신발과 양말을 벗고 바지를 허벅지까지 접어 올린 뒤 개울에 발을 담갔다. 합이 이끼 긴 자갈에 걸려 미끄러질 뻔한 것을 체가 간신히 손을 뻗어 잡아 주었다. 한 포기를 뜯어내면 그 자리에서 두 포기가 자라나는 것 같은 야생풀을 헤치고, 기이하게 생긴 바위를 올라타고, 넘어질 듯 넘어지지 않으며 간신히 계곡을 넘으면서 합, 체는 점점 더 계룡산의 깊숙한 곳으로 들어갔다. 이마로, 목으로 땀이 흥건했다. 체는 길을 한 번 더 확인하기 위해 주머니에서 지도를 꺼냈다.

그때였다. 갑자기 합이 가방을 내던지며 바닥에 풀썩 주저 앉아 버렸다.

"야, 나 진짜 힘들어 죽겠다. 진짜 그 지도 맞긴 맞는 거야?"

"맞다니깐."

"그런데 왜 이렇게 안 나와."

"이제 나올 테니까 좀 기다려 봐. 고생 없이 얻어지는 게 있냐."

"이게 아까부터 형을 자꾸 가르치려 드네."

"그러니깐 내가 가는 대로 그냥 따라오기나 하면 되잖아. 입만 닫아도 반은 안 힘들겠다."

"아 진짜, 가방은 또 왜 이렇게 무겁냐."

"왜 그렇게 무거운진 니가 잘 알 거 아냐. 그 쓸데없는 책들만 아니었어도……."

"쓸데없긴 왜 없어. 이게 아니었으면 난 여기 오지도 않았어. 에이, 내가 왜 여기까지 와서 이 생고생이야."

"그만 좀 징징대, 이제 진짜 다 온 것 같으니까."

체는 소나기처럼 쏟아지는 땀을 닦으며 지도를 다시 들여다 보았다.

"왜, 싫으냐? 싫은 게 아니면 뭣 땜에 그리 놀란 토깽이 얼굴을 하고 있는 것이냐. 뭐? 계룡산으로 가라는 게 놀라워서 그런다고? 놀랄 일도 많다, 그게 뭐가 놀랄 일이냐. 내가 너한 테 태평양을 헤엄쳐 아메리카로 가라고 했냐, 38선을 넘어 백 두산에 가라고 했냐. 세상 좋아져 기차 타고, 버스 타고 서너 시간이면 갈 수 있는 곳에 가라고 한 것뿐인데 그리 놀란 얼굴 을 할 건 또 뭐냐. 하여튼 요즘 젊은 것들은 유약해서 탈이야. 조그만 것도 지 힘으로는 하지를 못하고 부모에게 빌붙고, 친 구한테 빌붙고, 돈에 빌붙으니, 쯧쯧. 그래, 그래서 계룡산으로 갈 용기조차 없다는 것이냐. 그렇게 키가 크고 싶다고 땅이 꺼 져라 한숨을 푹 내쉬는 놈이? 아니라고? 갈 수 있다고? 이놈, 진즉에 그렇게 나왔어야지. 나는 또 니가 이 도사님을 데리고 노는 줄 알았지 뭐냐. 좋다, 그러면 내가 지금부터 너에게 아주 비밀스런 이야기 하나를 해 줄 터이니 귀를 쫑긋 세우고 경청 하도록 하여라. 내가 도사 수련을 하던 곳은 계룡산에서도 아 주 후미진 곳에 있는 형제동굴이라는 곳이다. 형제동굴은⋯⋯ 왜 피식 웃느냐? 이름을 누가 지었냐고? 그런 건 왜 묻느냐? 뭐? 이름이 촌스러워? 아주 후진 이름이라고? 끄으응, 요놈! 그 촌스러운 이름을 지은 사람이 바로 나다. 뭐? 아니라고? 다 시 생각해 보니 아주 세련된 이름인 것 같아? 아, 그럼, 세련되 고말고. 누가 지은 이름인데. 내가 그 이름을 괜히 지었겠느냐. 모든 것엔 이유가 있는 법, 내가 그 동굴을 형제동굴이라고 한 데도 다 사정이 있느니라. 그러니까, 언제냐. 시간이 가물가물 하구나. 오십 년 전이었는지 오백 년 전이었는지, 삼천리 방방

곡곡을 뒤지고 다녀도 뜻을 찾지 못하던 나는 홀연히 계룡산까지 흘러들어 갔느니라. 계룡산에는 나처럼 뜻을 찾으려는 사람들로, 마치 시장터처럼 복작거렸지. 나는 그들을 피해 깊숙이, 그들이 깊숙이 들어가면 더 깊숙이 들어가서 기어코 인적이 끊긴 곳을 찾아냈다. 그곳은 마치 하늘에서 내린 두레박을 받기 위해 지반이 쑥 내려앉은 것처럼 주변 산지보다 몇 척은 낮은 곳이었다. 주위가 온통 나무로 가려져 밖에서는 영락없이 산등성이로 보이지만 그 나무들을 헤치고 들어가면 가마솥 같은 구덩이가 있고 그 한가운데로 조그만 샘이 흐르고 있었지. 첫눈에 봐도 계룡산의 온 정기가 뭉쳐 있는 곳이란 걸 알수 있었단다. 그 옆으로 깊은 동굴 하나가 나 있는데 어미 품처럼 아주 오묘한 동굴이었느니라. 니가 알란가는 모르겠지만 본디 동굴이란 부활과 재생의 장소가 아니더냐. 그 속에서 나는 오십 년인가, 오백 년인가, 오천 년 동안인가를 수련했고, 그 결과 나는…… 아니, 그 시건방진 얼굴은 또 무엇이냐? 내말을 못 믿겠다는 얼굴 같은데. 뭐? 내 나이가 몇인데 오백, 오천이 나오느냐고? 오십은 그나마 이해를 해 줘도 오백, 오천은 말이 안 된다고? 예끼, 이놈이 어디서 도사랑 셈 놀이를 하자고 들어? 네놈이 뭔데 오십은 이해를 하고 오백, 오천은 이해를 못 해 주겠다는 것이냐. 그것이 다 머리통이 꽉 막혀 있기 때문이니라. 그 경계를 허물어야 뜻을 이룰 수 있거늘. 네놈이 차고 있는 시계처럼 우주의 시간도 똑딱똑딱 움직인다고 생각하느냐. 쯧쯧, 어리석긴. 허나 어리석기에 뜻을 구하는 것이겠지. 너의 말본새가 좋지 아니하나 내가 큰 아량을 베풀어 이번 한 번만 넘어가 주도록 하겠다. 다시 한 번 내 말에 토를 달면 니가 겁을 주었던 그 개미처럼 꽁무니를 밟아 줄 터이니 각오하여라. 흐음, 어쨌든 그 속에서 수련을 한 나는 뜻을 얻고 막 동굴에서 나오려던 참이었다. 그런데, 아, 거기서 그 비기를 발견하게 될 줄이야."

체가 검지로 한 방향을 가리키며 말했다.

"저쪽인 것 같은데. 봐, 도사님이 그랬거든. 암용과 수용이 하늘의 부르심을 잊고 지하 동굴에서 밀회를 즐기다가 노여움을 사서 별거를 한 곳을 암용추, 수용추라고 한다고. 형제동굴은 천왕봉 밑, 암용추와 수용추가 만나는 가운데 지점쯤에 있다 그랬어."

체는 주위를 두리번거리며 말을 이었다.

"그런데 정확히 가운데 지점은 아니고, 그 길에서 남쪽으로 약간 벗어나 있다. 도사님이 두 시에 도착하면 밑동에 붉은색 점이 있는 나무가 있을 거라고 했는데 왜 안 보이지?"

합이 티셔츠를 벌렁거리며 말했다.

"야, 지금 우리 세 시간은 더 넘게 헤매고 있는 거 알아? 쓰러지기 일보 직전이야. 아니, 난 벌써 쓰러졌어. 완전히 넉 다운이라고. 더는 절대 못 가."

"그렇게 투덜댈 힘이 있으면 붉은 점이나 좀 찾아봐."

"아, 도대체 붉은색 점이 어디 있다는 거야. 여기도 초록색, 저기도 초록색, 다 초록색뿐인데."

합의 말대로 계룡산은 여름 나무들이 내건 초록 잎사귀들로 가득 차 있었다. 초록과 보색인 붉은색이라면 찾아볼 것도 없이 한눈에 보일 터인데 전혀 그럴 기미가 없었다. 체는 손가락으로 지도를 짚으며 중얼거렸다.

"왜 없지? 여기가 맞는 것 같은데…….'

"왜 없겠어. 애초에 없었으니까 지금도 없는 거지."

저게 진짜. 체는 맥 끊는 소리를 하는 합을 한껏 흘겨보았지만 합은 체가 흘겨보는 건 안중에도 없이 눈에 들어간 땀을 빼내느라 정신이 없었다. 체 역시 몇 시간의 산행으로 온몸이 무너져 내릴 것 같긴 마찬가지였다. 합은 투덜대며 불평이라도 할 수 있지만 체는 큰소리를 떵떵 쳐 놓은 탓에 힘든 기색조차 보일 수 없었다. 본심을 숨길수록 마음은 더 초조해지기만 했다. 아무리 지도와 숲을 번갈아 보아도 노인이 말해 준 붉은색 점은 좀처럼 눈에 띄지 않았다. 한참 동안 주위를 둘러보던 체는 지도를 내던지며 바닥으로 푹 쓰러져 버렸다. 순간, 마음속 깊은 어딘가에서 의심의 연기가 소록소록 피어올랐다.

진짜 합 말대로 거짓말 아냐? 내가 순진하게 속아 주니까 장난을 쳐 본 거나, 아니면 제정신이 아닌…….

그러자 그날 보았던 노인의 후광이 눈앞에서 오로라처럼 솟아났다. 푸르면서도 하얗게, 하야면서도 노랗게, 노라면서도 또 어딘가 붉게 빛나던 그 빛. 모르는 사람이 봐도 예사 빛이 아님을 확신할 수 있을 정도로 오묘한 빛이었다. 체는 다부진 얼굴로 고개를 저었다.

아니야, 도사님은 절대 거짓말을 하실 분이 아니야. 여기 어딘가 밑동이 붉은 나무도 있을 거고, 구덩이도 있을 거고, 형제 동굴도 꼭 있을 거야. 다 있을 거야. 아니, 있을 거야가 아니라 무조건 있어야 돼. 있어, 있어, 있어!

체는 불온하게 타오르는 의심의 불씨를 훅 꺼 버렸다.

그러면 도대체 붉은 점은 어디에…….

합, 체는 서로를 보지도 않고 숨만 쌕쌕 내쉬며 땀을 한 바가지씩 흘리고 있었다. 따끔한 햇볕이 송곳처럼 쏟아지고 정수리는 달걀 프라이라도 할 정도로 달궈졌다. 이놈의 햇빛, 합은 손바닥으로 머리를 가리며 얼굴을 치켜들었다. 그때였다. 합의 눈이 번뜩였다.

"야, 찾았다, 찾았어."

꾸벅꾸벅 졸고 있던 체가 자리에서 벌떡 일어났다.

"뭐? 찾았어? 어디?"

"저 나무야. 봐, 밑동이 빨갛게 빛나고 있잖아."

정말로 합, 체 앞쪽의 한 나무 밑동에서 붉은 점이 생기고 있었다.

"진짜네. 뭐야, 바로 앞에 두고 못 봤잖아."

합, 체는 가방을 챙겨 들고 열 발자국쯤 앞에 있는 나무로 부리나케 뛰어갔다. 합이 말했다.

"나는 붉은 점이라기에 물감 같은 걸로 칠해 놓았다는 뜻인 줄 알았지, 햇빛을 받아서 붉게 된다는 건 생각도 못했네."

"나도, 나도. 와, 신기하다. 햇빛이 붉은 흙을 반사해서 밑동만 빨갛게 빛나는 거였어."

"뭐, 영 사기꾼은 아닌 것 같네."

"이제 좀 믿음이 가냐?"

"아니, 뭐 그렇다고……."

체가 흥분한 목소리로 말했다.

"이 나무까지 찾았으니까 이젠 다 온 거나 마찬가지야. 이 나무에서 서북쪽 방향으로 걸어간 다음 나무들이 무덤처럼 동그랗게 쌓인 곳에 다다르면 돌을 던져 보라고 했지. 돌이 시간을 두고 떨어지는 소리가 나면 거기에 구덩이가 있고 그 옆에 형제동굴이 있다고."

"야, 빨리 가 보자."

"어째 니가 더 신난 것 같다."

합, 체는 가방을 짊어진 채 뒤뚱거리며 뛰어갔다.

"그게 그 비기란 게 뭐냐 하면…… 아, 나 참, 오천 년을 수련해서 얻은 비기를 이렇게 쉽게 발설하게 될 줄이야. 참 손해 보는 장사구나. 이걸 가르쳐 줘야 할지, 말아야 할지, 끄응, 어떡한담. 뭐? 애간장이 타니 어서 말해 달라고? 이놈이, 니가 재촉할 처지냐? 내가 가르쳐 주지 않는다 해도 바짓가랑이를 잡고 늘어져야 할 판에. 뭐? 생명의 은인한테 이래도 되는 거냐고? 하, 참, 이제 보니 아주 영악한 놈일세. 뭐? 뱀독을 삼킨 이후로 몸이 안 좋아진 것 같다고? 자꾸 열이 나고 어지러워? 어제는 한기가 돌고 구토까지 했다고? 이놈이 이제 도사한테 협박까지 하려 드네. 끄응, 이래서 머리 검은 짐승은 거두는 것이 아니라고 했거늘. 내, 원래 이렇게 쉽게 말하면 안 되는 것이지만, 그래 니가 내 목숨을 살려 준 공로를 알기에 가르쳐 주는 것이니라. 보자, 수련을 하는 사람들 사이에는 몇천 년 전부터 전해 내려오는 전설이 있었느니라. 이야기인즉슨, 아주 옛날에 난쟁이 형제가 있었는데, 둘의 얼굴이 똑같았다고 한다. 지금 생각하면 너와 같은 쌍둥이일 수도 있겠구나. 어느 날 그형제는 개천에 빠진 노인 한 명을 구출해 주게 된다. 그 노인 왈 '너희가 내 생명을 구해 주었으니 너희의 소원을 들어주겠다', 형과 동생이 읍소하는 바 '우리 이 육체의 굴레를 벗어나게 해 주십시오'. 노인은 형제에게 계룡산 어딘가를 알려 주며 그곳에 가서 자기가 알려 주는 대로 33일간 수련을 하면 뜻을 이룰 수 있을 것이라고 했다. 그리고 사람들 말에 따르면 정말 33일 후에 키가 장대만 한 사람 둘이 계룡산에서 내려왔다고 한다. 전해지는 이야기는 여기까지다. 수행하는 사람들도 그것이 진실인지, 어떤 수련을 했는지는 전혀 알아낼 수 없었지.

점차 그 이야기도 세월이 흐르면서 썩어 가기 시작했고, 전설에서 아낙네들이 빨래터에서 떠드는 잡담으로까지 전락하고 말았다. 그런데 말이다, 내가 수련을 한 동굴이 바로 그 형제가 수련한 곳이었던 것이다. 기이한 일이지. 어떻게 알았느냐고? 그 동굴 밑바닥에 형제의 수련 방법이 돌로 다 새겨져 있었던 것이다. 세월이 흐르면서 먼지와 흙으로 감추어졌던 것이 내가 눕고, 걷고, 비벼 대고 하면서 다시 드러나게 된 것이지."

붉은 점이 있는 나무를 찾아낸 후 서북쪽 방향으로 얼마 동안을 달려온 합, 체는 나무들이 큰 고분처럼 우거진 곳과 맞닥뜨렸다. 합, 체는 그 앞에서 천천히 걸음을 멈추었다. 체가 말했다.

"여기가 맞는 것 같지?"

"그런 것 같네."

"그럼 저 돌멩이를 가져와 봐."

합은 체가 가리킨 반질반질한 검은색 돌멩이를 집어 들었다.

"내가 던져 볼게."

"잠깐만, 먼저 심호흡부터 좀 하자."

"그래, 나도."

합, 체는 흐읍 하고 큰 숨을 들이마신 후 그보다 더 큰 숨을 휴우 하고 내뱉었다. 계룡산의 푸른 공기가 코를 지나 온몸으로 전해지자 뜨거웠던 머리가 소낙비를 맞은 것처럼 시원해졌다.

몇 번 숨을 들이쉰 후 합, 체는 서로를 향해 고개를 끄덕였다.

"던진다."

"그래."

합, 체는 동시에 소리쳤다.

"하나! 둘! 셋!"

햇빛을 받은 검은 돌이 윤을 내며 동그란 포물선을 만들었다. 그리고 나뭇잎 몇 개를 흔들며 수풀 속으로 쏙 들어갔다. 잠깐 동안 아무 소리도 들리지 않았다. 새소리, 바람 소리, 물소리, 세상의 소리란 소리는 다 사라지고 지구의 움직임까지 멈추어 버린 것 같은 그때,

딱, 또르르르.

돌 떨어지는 소리와 함께 계룡산을 울리는 큰 함성이 터져 나왔다.

"와아아아아."

"합, 찾았어, 찾았어. 우리가 찾았다구."

"그래, 알았어. 알았으니까 빨리 내려가 보자."

합, 체는 막 세상에 나온 토끼마냥 촐랑거리며 덤불로 뛰어 갔다. 돌덩이를 짊어진 것 같던 가방이 풍선으로라도 변했는지 이대로라면 하늘로 붕붕 떠오르기라도 할 것 같았다. 합, 체는 경쟁하듯 잎들을 헤쳤다. 삐죽한 나뭇잎이 팔과 다리를 긁어 여기저기 피가 났지만 그 정도의 아픔은 느낄 새도 없었다. 하나, 둘, 셋, 그렇게 온 잎들을 헤치고 나니 가마솥처럼 깊숙

한 구덩이가 발 아래에서 서서히 모습을 드러냈다. 합, 체는 물끄러미 구덩이를 내려다보았다. 둘의 얼굴에는 기쁨을 넘어선 외경심 같은 것이 깃들어 있었다.

"……진짜였어."

"그러게, 진짜였어."

체가 합을 돌아다보며 물었다.

"이젠 완전히 믿는 거지?"

"뭐, 그래, 믿어. 믿는다."

합의 멋쩍은 대답에 체는 하마터면 눈물을 왈칵 쏟을 뻔했다. 이 구덩이를 찾기까지 마음 졸이며 조마조마했던 시간이 주마등처럼 스쳐 갔다. 그러나 눈물 대신 소금 맛 나는 땀이 볼을 타고 입술로 죽 흘러내렸다.

합, 체는 먼저 가방을 집어던진 후 구덩이로 천천히 내려갔다.

"야, 조심해."

"너도. 저 틈새에 먼저 발을 집어넣고 그 옆에 튀어나온 데를 잡으면 돼."

무릎 높이에서 폴짝 뛰어내린 합, 체는 구덩이 주위를 휘익 둘러보았다.

"여기 진짜 멋지다. 아직도 우리나라에 이런 데가 남아 있을 줄은 생각도 못했는데."

"그러게, 여기에 있으면 저절로 신선이 될 것 같은데."

한가운데에 작은 옹달샘이 있고 바닥과 둥근 벽은 은빛 바위로 둘러져 있었다. 머리 위의 나무들은 가마솥 뚜껑마냥 하늘을 가렸는데 그 가운데 쟁반만 한 구멍 사이로 빛이 한가득 쏟아져 내렸다. 한편으로는 바깥세상과 단절된 것 같기도 하고, 또 어찌 보면 그 구멍을 통해 세상과 통하는 것 같기도 했다. 합, 체는 구덩이의 경관에 홀린 듯 한동안 꼼짝 않고 서 있었다. 바위의 냉기와 나무들의 차단막 때문에 비 오듯 쏟아지던 땀이 사박사박 말라 갔다. 넋을 놓고 구덩이 주위를 두리번거리던 합, 체의 눈길이 약속이라도 한 듯 한 곳에서 멈추었다.

"저게 그 동굴이구나."

"그래, 형제동굴."

합, 체는 샘 옆으로 난 동굴을 바라보았다. 동굴 입구는 보통 키의 성인 남자가 바로 섰을 때 머리가 닿을 듯 말 듯한 정도의 높이였다. 다행인지 불행인지 합, 체에게는 넉넉하게 여유가 있었다. 바위 구덩이만 해도 세상의 소음을 다 막을 수 있을 정도로 은밀해 보였는데, 그 옆으로 난 동굴은 그보다 더 비밀스러운 모습으로 합, 체의 눈길을 끌었다. 노인의 말대로 수백 년, 수천 년 전의 비기를 품고 있을 것 같은 미지의 힘이 느껴졌다.

"들어가 볼까?"

합, 체는 눈을 마주치며 동시에 고개를 끄덕였다.

"그 비기를 발견한 나는 몇천 번에 걸쳐 그것을 내 몸 안으로 흡수한 뒤 흔적도 남지 않게 돌로 갈아 지워 버렸다. 비기란 것은 사람 입을 탈수록 효험이 떨어지는 것, 고로 내 몸과 정신에 깃든 비기는 몇천 년간 묵히고 묵혀 그 힘이 더 강해졌느니라. 자, 이제부터 내 너에게 어떻게 해야 하는지를 말해 주겠다. 첫째, 너는 빠른 시일 안에 너의 쌍둥이 형과 동행하여 계룡산으로 가도록 하여라. 그런 다음…… 뭐야? 왜 같이 가야 하느냐고? 아, 같이 가라면 같이 가면 될 것을, 너는 꼭 그렇게 말마다 토를 다는구나. 도사 노릇 하기도 참 힘이 든다. 또 뭐라고 혼자 씨부렁거리는 것이냐? 뭐? 궁금한 걸 물어보지도 못하느냐고? 아이고, 이놈 당돌한 것 좀 보게. 헛 참, 그래, 너의 궁금증을 모르는 바도 아니니. 봐라, 내 너희 쌍둥이 형제의 이름을 살펴보니 그 이름이 심상치가 않구나. 합, 체. 본디 쌍둥이란 보통 형제보다 더 강한 기를 주고받는다는 것이 정설인데 너희는 그 이름 때문에 서로 주고받는 기가 월등한 것 같다. 이름이란 게 무엇이냐. 단순히 사람과 사람 사이의 호칭이냐, 아니다. 우주의 기를 받는 신호이기도 하다. 합, 체, 그 이름이 한 번씩 불릴 때마다 우주가 너희 형제에게 기를 주고 있는 것이지. 그러니 반쪽짜리 수련이 되지 않으려면 둘이 함께 가야 한다는 것이다. 둘째, 33일간 그 동굴에서 머물며 수련을 하는 동안에는 계룡산을 내려와서는 안 되느니라. 도중에 나와 버린다면 그 순간 그동안의 수련은 말짱 도루묵이 된다는 것을 명심하여라. 그러면 어떻게 먹고사느냐고? 걱정하는 것하고는. 고렇게 하나하나 따지고 드니 배창시가 가득 찰 리가 있나. 네 나이가 몇인데 제 입으로 들어가는 밥 하나 해결할 줄 모른다는 것이냐? 아, 배가 고프면 밥을 해 먹으면 되고 밥이 없으면 산 천지에 깔린 풀이라도 뜯어먹으면 될 것 아니냐. 설마 그것도 못하겠다고 하지는 않겠지? 허기사 또 모르지. 멀쩡한 두 손 가지고 밥 하나 못 지어서 해골로 발견될지도. 만약 그러면 내 너의 해골로 물 한 사발을 떠먹을 것이니 각오 단단히 하여라, 껄껄껄. 아이 참, 너도 어지간히 센스가 부족하구나. 내가 웃으면 너도 좀 따라 웃도록 하여라. 그게 사람 사이의 정 아니냐. 그래, 그래, 아주 시원스럽게 잘 웃는구나, 껄껄껄껄. 가만있자, 어디까지 말했지, 옳거니, 둘째까지 했구나. 그래, 셋째, 이게 마지막이다. 네가 앞으로 하게 될 일의 모든 결정은 너 스스로 하는 것임을 명심하도록 하여라. 계룡산을 가는 것도 너의 의지이고, 수련을 하는 것도 너의 의지이고, 거기서 내려오는 것도 너의 의지이다. 내 비록 너에게 뜻을 전해 주기는 하였으나 지금부터 나는 뒷자리로 물러설 것이니 모든 일에 있어서 네가 앞장을 서야 할 것이니라. 내 말을 이해하겠느냐. 고개만 끄덕이지 말고 큰 소리로 말해 보아라. 내 말을 이해하겠느냐. 그래, 사나이 목청이 그 정도는 돼야지. 자, 그러면 이제 내 너에게 그 비기를 알려 줄 터이니 가방에서 펜과 종이를 꺼내 하나하나 성실히 적어 보도록 하여라.”

합, 체는 조심스럽게 주위를 살피며 동굴 안으로 들어갔다. 온도가 바깥보다 낮은 탓에 말라붙은 땀방울이 차갑게 느껴졌다. 좁은 입구를 지나니 원형의 큰 방이 나타났다. 방은 입구보다 천장이 높아 돔 형태를 띠었다. 천장에 뚫린 구멍들 사이로 빛줄기가 스며들어 동굴은 촛불을 켜 놓은 것처럼 아늑했다. 손등으로 동굴 벽을 쓱 문지르던 합이 말했다.

"우리가 정말 여기서 33일을 지내는 거냐?"

"왜, 이제 와서 걱정돼?"

"뭐 여기까지 왔는데 걱정만 하고 있으면 뭐 하나. 그냥 이런 동굴이 진짜로 있다는 게 신기해서."

"이 동굴은 아무것도 아니야. 33일 후에는 정말 신기한 일이 벌어질 테니까."

"정말 신기한 일? 키 크는 거?"

체는 동굴 안으로 쏟아지는 한줄기의 빛을 오롯이 받은 채 대답했다.

"키 크는 게 다가 아니야. 혁명이 일어날 거다. 이 동굴 안에서."

12

✩ ★ ✩

하루 수련은 총 네 번으로 이루어지며 첫 번째 수련은 묘시의 중간인 여섯 시에 한다. 아침 수련의 핵심은 간밤에 동굴로부터 받은 정기를 한데 모으는 것. 이 시간은 사람의 혼이 완전히 깨어나지 않은 상태인데, 바로 그 깨어나지 않은 상태가 어마어마한 잠재력을 품고 있다. 그러므로 그것을 어떻게 깨우느냐에 따라 인간의 질이 결정된다고 할 수 있다.

방법 1 샘 주위에서 밤새 굳은 몸을 천천히 풀어 준 뒤 마주 보고 가부좌를 튼다. 그런 다음 양손을 부여잡고 깊은 숨을 들이마신 뒤 그 숨을 배꼽 아래 단전에 모은다. 아랫배에 묵직한 느낌이 들면 숨을 천천히 내뱉으면 되는데, 여기서 중요한 건 숨을 내쉬면서 합, 체라고 말하는 것이다. 이름이 하루 중 가장 처음으로 우주에 울려 퍼지는 순간, (망둥이처럼 호들갑스럽게 아침을 깨워서는 절대 안 됨. 은밀하게, 속삭이듯, 이파리의 이슬이 떨어질 듯 말 듯 조심히) 합, 체 소리를 들은 혼이 서서히 깨어나는 순간을 몸속 깊숙한 데서부터 느껴 본다. 호흡은 천번. 자연히 온몸에서 굵은 땀방울이 샘 솟듯 솟아난다. 그것이 시작이다.

아침이 왔어요, 일어나요, 일어나요. 합, 체는 정확히 다섯 시 오십 분에 눈을 떴다. 집에서 챙겨 온 알람시계가 요란하게 북을 치고 있었지만 동굴 주위로 몰려든 새떼가 산이 떠나가라 쨱쨱 피롱피롱 찌르르르 울어 대는 탓에 따로 알람이 필요 없을 지경이었다. 합, 체는 침낭을 대충 정리한 뒤 동굴 밖으로 나왔다. 굵은 햇빛 줄기가 샘 한가운데로 쏟아지며 빛의 기둥을 만들고 있었다. 그 신비스런 모습을 보자 어제의 피로가 싹 가시면서 합, 체의 입가에 미소가 지어졌다. 아주 높으신 분이 빛을 망원경 삼아 계룡산의 새벽을 가만히 내려다보고 있는 것 같았다. 합, 체는 노인이 일러준 대로 밤새 굳은 몸부터 풀기 시작했다. 허리를 뒤로 쭉 펴고, 다시 아래로 젖히고, 다리를 번갈아 가며 오른쪽 왼쪽으로 몸을 늘였다. 조금만 움직였는데도 벌써 숨이 가빠지고 관절에서 우두둑, 우두둑 소리가 났다. 이렇게 일찍 일어나서 운동을 해 보긴 처음이었다. 준비 운동이 어느 정도 끝나자 체가 먼저 샘 옆에 턱, 자리를 잡고 앉았다. 합도 뒤따라 그 맞은편에 앉았다.

"자, 손 줘."

"근데 꼭 손을 잡고 해야 하냐. 남자끼리 느끼하게. 그냥 대충 잡았다고 치자."

체는 눈초리를 매섭게 만들어 합을 쏘아보았다. 자기 공부할 때는 토씨 하나 빼 놓지 않으려고 하면서 정작 인생이 걸린 이 중요한 수련은 얼렁뚱땅 넘어가려 하다니. 그러나 망둥이처럼 아침을 시작해서는 안 된다는 경고 때문에 예전처럼 소리를 빽, 질러 댈 수는 없었다. 그 대신 체는 합을 향해 주먹을 꾹 쥐고 두 팔을 쭉 뻗었다. 지금 당장 잡지 않으면 이 주먹이 너의 얼굴로 향할 테니 알아서 해라, 쌍둥이끼리만 통하는 암묵적인 신호였다. 합은 영 못마땅한 듯 어기적거리면서도 결국 체의 의도대로 손을 맞잡았다. 합체. 이제 모든 준비가 끝났다. 합, 체는 콧구멍을 벌렁거리면서 동시에 숨을 크게 들이쉬었다. 후우우움. 홀쭉하던 배가 바람 넣은 풍선처럼 부풀어오르며 새벽의 푸른 빛, 공중에서 부서지는 햇살 조각, 새들의 지저귐까지 합, 체의 숨 속으로 들어갔다. 큰 숨이 단전 안에 가득 찼을 때, 둘은 뱃속을 모두 비운다는 생각으로 가만히 숨을 내뱉었다.

"합一."

"체一."

합, 체는 지그시 감고 있던 눈을 뜨고 서로를 바라보았다.

체가 먼저 이를 씩 드러내고 웃었다. 합도 따라 웃었다. 처음
해 보는데 시작이 좋은 것 같았다. 둘은 다시 눈을 감고, 숨을
가득히 들이쉬고, 아랫배가 묵직해졌을 때 천천히 숨을 내뱉
었다. 합, 체, 합, 체를 외우는 일정한 숨소리가 샘에 작은 물결
을 일으키고 있었다.

두 번째 수련은 오시의 중간인 열두 시에 한다. 이때는 시계
에서도 침이 가장 높은 곳을 향하며 하루 중 해가 가장 높이 뜨
는 시간. 그것이 의미하는 바는 태양의 정기를 가장 강하게 받
을 수 있는 때라는 것. 태양이 정기를 강하게 받기 위해서는 태
양에 가까이 가는 것이 좋다. 그러나 육체만을 가까이 둔다고
해서 태양의 정기를 고이 받을 수 있는 것은 아니고 혼도 육체
와 함께 가야 한다. 즉, 혼과 육체를 동시에 태양의 바로 아래
에 두는 것이 중요하다.

방법 2 손을 맞잡은 채 샘 옆에 똑바로 선다. 그런 다음 정수리
로 태양을 받아친다는 느낌으로 펄쩍펄쩍 뛴다. (지면에서 탈
출하는 간격은 팔 길이에도 못 미치고, 떠오르는 시간 또한 눈
깜짝할 새에 지나지 않지만 그 찰나의 시간 동안 혼과 육체가
태양에 맞닿게 되는 것.) 이번에는 아침과 다르게 큰 소리로
합, 체라고 외치는데 횟수는 역시 천 번.

정오의 붉은 태양은 거만해 보일 정도로 높이 솟아 있었다. 그나마 잎 큰 나무들이 양산 역할을 해 주었기에 망정이지 그 햇볕을 오롯이 받고 뜀뛰기를 한다면 열사병을 넘어 몸이 다 타 버릴 것 같은 더위였다. 나뭇잎에 한 번 걸러져 내려오는 햇볕에도 눈이 찡그려지는 건 어쩔 수 없는 일이었지만, 열두 시가 되자 합, 체는 마음을 다잡고 다시 샘 옆에 섰다. 체가 말없이 손을 내밀자 합도 말없이 체의 손을 붙잡았다. 이번에는 아침처럼 매운 눈초리를 만들 필요도 없었다. 합, 체는 하늘로 뛰어오르는 놀이기구를 탄 것처럼 펄쩍펄쩍 뜀질을 시작했다. 합이 먼저 합, 이라고 외치면 뒤이어 체가 체, 라고 외쳤다.

"이건 되게 재밌는데."

체가 신이 나서 말하자 합이 곧바로 응수했다.

"천 번 하고도 재밌다는 소리가 나오는지 보자."

합의 퉁 쏘는 말에 체는 입을 삐죽 내밀었다. 확실히 앉아서 숨만 쉬면 되는 아침 수련보다는 힘이 들긴 했다. 아직 백 번도 안 했는데 벌써부터 땀이 목 뒤로 죽죽 흘러내렸다. 그래도 다리가 공중으로 붕 뜨는, 그 잠깐의 느낌이 좋았다. 머리 위에 뜬 태양이 빛나는 공으로 보였다. 잡으려고 하면 잡을 수도 있을 것 같았다. 합, 체는 그 공을 하늘로 쏘아 올린다는 기분으로 구덩이 바닥에서 풀쩍풀쩍 뛰어올랐다. 합, 체, 합, 체, 하는 소리가 나무들 사이에서 잠깐 맴돌다 산속으로 멀리 퍼져 갔다.

세 번째 수련은 유시의 중간인 여섯 시에 한다. 이때는 빛이 어둠으로 바뀌어 가는 시간이므로 몸에도 그에 맞는 변화를 주는 것이 중요하다. 우리의 몸은 언제나 머리가 하늘을 향하고 발이 땅에 붙어 있는데 이것을 뒤집어야 한다.

방법 3 먼저 한 명이 물구나무를 서면 나머지는 그 발을 잡아 준 뒤 백 보를 걷는다. (이때에도 한 발짝씩 갈 때마다 합, 체라고 말해야 함.) 먼저 한 사람이 백 보를 다 걸었으면 서로 위치를 바꾼 뒤 또 백 보를 걷는다. (이 수련이 중요한 이유는 스스로 굴레라고 생각하는 다리를 잠시나마 하늘로 해방시켜 줄 수 있기 때문임.) 발의 역할을 손에 맡긴 탓에 힘은 배로 들겠지만 하늘을 걷는 다리를 생각해 보도록 한다. 육체의 굴레로부터 완전히 자유로워지는 순간을. 번갈아서 열 번씩 천 번을 한다.

"나 물구나무 잘 못하는데."

두 번째 수련까지는 잘 따라왔던 합이 이번에는 주춤주춤 망설였다.

"아직 하지도 않았잖아. 일단 해 보기나 해."

"넘어져서 머리라도 다치면 어떡해? 아이큐라도 떨어지면 큰일인데."

합이 계속 엄살을 떨자 체가 퉁 쏘아 댔다.

"공부 잘하는 애들은 원래 그렇게 의심이 많냐? 걱정 마, 아이큐 떨어지면 내 거라도 덜어 줄 테니깐."

"벼룩의 간을 빼먹지 내가 니 아이큐를 어떻게 받아? 여기서 더 바보가 되면 어쩌려고?"

"이게 진짜, 내 머리가 왜 나빠졌는지 알기나 해?"

엄마 뱃속에 있을 때 좋은 건 너 혼자 다 받아먹어서 내 머리가 덜 성장한 거라느니, 혼자 받아먹긴 누가 받아먹었다고 너한테 얼마나 시달렸으면 내가 먼저 나가 버렸겠냐, 그래 말 한번 잘했다 외국에서는 나중에 나온 사람을 형이라고 한다니깐 이제부턴 니가 나를 형이라고 불러라, 씨알도 안 먹히는 소리 하시네 여기가 외국이냐 여긴 대한민국 계룡산이다, 계룡산, 그렇게 주거니 받거니 실랑이질하던 합, 체는 퍼뜩 정신을 차리고 다시 수련에 집중했다.

"잘해야 돼. 절대 놓치면 안 돼."

"아 몇 번이나 말해. 알았으니까 빨리 뒤집기나 해."

합은 그래도 불안한지 자꾸 허리춤을 치켜 올리며 시간을 끌었다. 하지만 곧 결심한 듯 이얏, 하면서 발을 하늘로 들어올렸다. 피가 거꾸로 향하면서 얼굴이 새빨개지다 못해 시커매졌다. 체는 뒤에 서서 합의 다리를 꽉 붙들었다.

"됐어? 잘 잡은 거야? 나 이제 갈 테니까 꽉 붙잡고 있어."

"그래, 걸어 봐."

합은 천천히 손을 움직였다. 어깻죽지가 덜그럭거리면서 온

몸이 뒤뚱뒤뚱 흔들렸다. 팔이 역기를 든 것처럼 후들후들 떨렸지만 걱정처럼 완전히 넘어지지는 않았다. 손이 잠시 삐끗한 것을 제외하고는 시간이 지날수록 허리 각도가 낮아지면서 자세가 바로잡혔다. 합의 오른손과 체의 오른발이 함께 나가면서 합은 합, 이라고 외치고 체는 체, 라고 외쳤다. 그다음에는 체의 왼손과 합의 왼발이 함께 나가면서 또 합은 합, 체는 체, 라고 외쳤다. 합, 체, 합, 체, 하는 소리를 들었는지 새 서너 마리가 구덩이 주위로 몰려와 날개를 퍼덕퍼덕 흔들며 저공비행을 했다.

마지막 수련은 자시의 한가운데, 영시에 한다. 이때의 수련이 얼마나 중요한지는 천 마디를 하여도 부족하다. 자시는 모든 만물이 하루 동안의 활동을 멈추고 내일을 위하여 그 기력을 보충하는 시간. 그러므로 이때는 인간, 동물 할 것 없이 지상의 모든 만물이 최상의 휴식을 취해 주어야 함. 그 최상의 휴식이 바로 수면. 수면이란 단순히 잠을 자는 것만이 아니다. 하루 동안의 일과에서 받은 나쁜 독은 밖으로 내뿜고 좋은 약은 몸속으로 취하는 과정이다. 그것을 소홀히 하니 어제도 나빴고 오늘도 나쁘고 내일도 나쁜 것.

방법 4 자시 동안에 최상의 수면을 취하기 위해서는 그 이전 시간부터 잠자리에 드는 것이 중요하다. 그 시간은 대략 해시,

즉 아홉 시에서 열한 시. (적어도 열 시에는 눈을 감아야 자시 동안에 수면이 가능하며 그동안 독이 나가고 약이 들어갈 수 있다.) 잡생각을 다 버리고 머릿속을 까맣게 만들어야 한다. 하루 종일 몸을 놀려 놓았으니 저절로 잠에 빠지게 될 것이다.

합, 체는 열 시가 되자 아침에 개켜 둔 침낭을 펴서 안으로 들어갔다. 동굴의 밤은 한여름의 더위에서 비껴난 알싸한 온도를 내뿜었다. 합은 열 시부터 자는 게 영 못마땅한지 계속해서 투덜투덜댔다.

"아무리 못해도 두 시까지는 공부해야 하는데. 열 시부터 잠을 자면 도대체 공부는 언제 하냐? 다른 애들은 이 시간에 다 공부하고 있을 텐데."

"그 정도 했으면 됐다. 아까부터 수련하고 밥 먹는 시간 빼곤 계속 책만 들여다봤잖아."

"그럼 당연히 그렇게 해야지. 아침 수련, 점심 수련, 저녁 수련에 뺏기는 시간이 얼만데. 거기다가 초저녁부터 잠까지 자고. 밥 먹는 시간도 아까워 죽겠다."

"참 나, 아깝다는 애가 밥을 그렇게 잘 먹냐. 너 내 것까지 뺏어서 반 공기나 더 먹었잖아."

"치사하게 밥 먹는 거 가지고……. 내가 괜히 많이 먹었겠냐, 힘들었으니깐 그런 거 아냐."

"그게 니가 평소에 얼마나 운동을 안 했냐 하는 증거야. 아까 뛸 때도 혼자서 얼마나 느린지 맞춰 주느라고 죽는 줄 알았다."

"맞춰 주긴, 내가 맞춰 준 거지. 넌 나 없었으면 혼자서는 여기 오지도 못했어. 벌써 그걸 잊은 건 아니겠지?"

"누가 잊었댔냐?"

"그래, 앞으로도 절대 잊지 말길 바란다."

샐쭉한 표정으로 어둠 속에서 눈을 흘기던 체가 합을 향해 돌아누우며 말했다.

"근데 웃기지 않냐?"

"뭐가?"

"계속 합, 체, 합, 체, 하는 거."

"그게 뭐가 웃겨?"

"우리 어릴 때는 만날 둘이서 합체할 거라고 돌아다녔잖아. 만화 보면서 로봇 변신하는 거 막 따라하고."

"그랬었지. 우리 별명이 합체였으니깐. 장난감도 꼭 합체되는 것만 샀잖아. 딴 건 쳐다보지도 않고."

"근데 언제부터 안 그러기 시작했지?"

"뭐, 아마 애들이 자꾸 합체해 보라고, 그러면 키가 커질 거라고 놀리면서부터 안 한 것 같은데."

"그랬나……"

"그랬을 거야."

체는 다시 바로 누웠다. 머리맡에 켜 둔 손전등이 체 게바라의 얼굴을 동그랗게 비추고 있었다. 책상 벽에서 곱게 떼어 와 동굴에 들어오자마자 붙여 둔 것이었다. 한줄기 조명을 받으니 그러잖아도 잘생긴 형님 얼굴이 고뇌에 찬 듯 더 멋져 보였다. 체는 손전등 스위치를 끄면서 매일 그러듯 인사를 했다.

"형, 오늘도 수고 많으셨어요. 저흰 이제 잘 테니까 형도 안녕히 주무세요."

합도 매일 그러듯 옆에서 투덜투덜댔다.

"내가 계룡산에 와서까지 저 얼굴을 보게 될 줄은 상상도 못했다. 사진을 가져오려면 차라리 엄마 사진을 가지고 올 것이지 오십 년 전에 죽은 사람 얼굴은 왜 가져와서……."

그 말에 자리에 누우려던 체가 벌떡 일어나 왼쪽 가슴을 툭툭 치며 강하게 항변했다.

"죽긴 누가 죽었다고 그래. 형님은 절대 죽지 않아. 여기, 내 여기에 영원히 살아 있다고."

"으이그, 진짜. 알았으니까 잠이나 자."

합이 불평을 하든 말든 체는 체 게바라의 사진을 향해 가볍게 목 인사를 한 후 눈을 감았다. 마지막 빛줄기마저 사라지자 동굴에는 완전한 암흑이 내려앉았다. 체는 침낭을 턱까지 끌어당기면서 동굴 구석구석을 휘이 둘러보았다. 천장에 몰래 매달려 있던 박쥐가 푸드득 날아 들어오고, 도끼 든 야인이 쿵쿵거리며 동굴 안으로 쳐들어오고, 샘에서는 계룡산 토박령이 연기 나듯 스멀스멀 기어 나올 것처럼 을씨년스러웠다. 체는 팔에 돋는 소름을 문지르며 가만히 합을 불렀다.

"야, 자냐?"

"……"

"자?"

"……왜?"

합은 한참 만에 졸음에 겨운 목소리로 대답했다.

"그 얘기 있지, 옛날에 곰이랑 호랑이랑 동굴에 들어가서 쑥이랑 마늘만 먹고 산."

"있지."

"근데 호랑이는 중간에 뛰쳐나와 버렸잖아."

"그랬지……"

합의 목소리는 점점 더 졸음 속으로 빠져들어 갔다.

"난 지금까지는 그냥 단순하게 곰이 쑥이랑 마늘만 먹고 살았으면 얼마나 맵고 맛이 없었을까, 그 생각만 했었거든."

"응……"

"그런데 지금 생각해 보니까, 야, 듣고 있냐?"

"어……"

"지금 생각해 보니까, 곰이 얼마나 외로웠을까, 그런 생각이 든다. 그 깜깜한 데 혼자 있으려면 얼마나 무서웠을까. 쑥이랑 마늘 먹는 것보다 그게 훨씬 더 힘들었을 것 같아, 그치?"

"……"

아무 대답이 없자 체는 합의 팔을 슬쩍 건드려 보았다. 합은

귀찮다는 듯 체의 팔을 밀어내고 반대 방향으로 돌아누워 버렸
다. 남은 진지하게 말하는데 잠만 자기냐, 체가 팔뚝을 세게 꼬
집자 합은 모기에 물린 줄 알고 손으로 자기 팔을 탁, 내리쳤다.

　말똥말똥하던 체의 눈도 어느 순간 스르륵 풀리면서 눈꺼풀
이 무겁게 내려앉았다. 얼마 안 가 드르렁, 코고는 소리와 함께
찾았어, 찾았어, 하는 잠꼬대까지 흘러나왔다. 합, 체가 계룡산
에서 보내는 밤이 샘에 내려앉은 달빛처럼 짙어 가고 있었다.

13

"여기 용하신 분이 있다고 해서 찾아왔습니다."

여름꽃이 활짝 피다 못해 너부러질 듯 물이 올랐을 때, 한 중년 여성이 약수터의 천막을 두드렸다. 비비추가 고개를 숙일 정도로 색이 고운 연보라 원피스, 악어 냄새가 채 가시지 않은 가죽 가방, 뱀무늬가 선명한 크림색 구두에서는 반지르르한 광채가 흘렀다. 아무 인기척이 없자 여자는 출입구로 만들어 놓은 천막 천을 살짝 걷어 보았다. 책 몇 권이 여기저기 흩뜨려져 있을 뿐, 사람은 보이지 않았다.

"아무도 없나."

여자는 손목시계를 들여다보며 초조한 표정을 지었다. 태양을 먹은 금빛 시계에서 번쩍번쩍 빛이 났다. 여자가 천막 안을 다시 한 번 살펴보려고 고개를 들이미는 그때,

"뉘신데 남의 집을 허락도 없이 들여다보는 겁니까?"

산 아래쪽에서 마른 목소리가 들려왔다. 백발에 흰색 도복, 흰 고무신을 신은 노인이 왼손은 뒷짐을 지고 오른손으로는 황소만 한 개구리 뒷발을 움켜잡은 채 언덕을 올라오고 있었다. 개구리는 도망을 가려고 허우적허우적 발버둥을 쳐 댔지만 노인의 손은 한 번 잡은 먹이를 쉽게 놓아줄 것 같지 않았다.

"이 천막에 사신다는 어르신입니까?"

"그렇소만, 뉘신데 이 노인네가 사는 누추한 천막까지 찾아오셨습니까?"

노인은 도복 자락을 흩날리며 여자 가까이로 사뿐사뿐 걸어갔다. 그 순간, 노인에게 붙들려 있던 개구리가 앞발로 공중 점프를 해 여자의 가방에 철썩 달라붙었다.

"어머, 어머머머."

여자는 괴성과 함께 몸서리를 치며 뒤로 주춤주춤 물러섰다. 그걸 본 노인이 눈앞으로 개구리를 끌고 와 삿대질을 해 가며 소리쳤다.

"아 이놈아, 이것은 살아 있는 악어가 아니니라. 껍데기만 흉내 낸 것뿐인데 어찌 그리 눈을 부라리고 달려드느냐. 살아서는 꼼짝도 못하고 빌빌댔을 터이니 죽은 놈이라고 어떻게 한번 해 보자는 것이냐."

훈계를 끝낸 노인은 개구리 뒷다리를 더 세게 움켜쥐고 바위에 걸터앉았다. 여자는 개구리가 영 못마땅한지 눈살을 잔뜩 찌푸리며 악어 가방을 엉덩이 뒤로 슬며시 감추었다. 그러고는 노인 곁으로 다가와 조근조근 말했다.

"저, 어르신, 사실은 제가 이런저런 소문 중에 어르신이 아주 신통한 능력을 가지고 계시다고 들어 이렇게 찾아뵙게 되었습니다. 제가 인생사가 고달파서 어르신의 지혜를 좀 얻고자 하는데 어떻게, 괜찮으시겠습니까?"

짧은 턱수염을 매만지던 노인은 자못 진지하게 흠, 소리를 내며 입을 열었다.

"아 이렇게 귀하신 분이 인생사가 고달프실 일이 뭣이 있다고. 그래, 어디 얘기나 한번 들어 봅시다."

호의적인 태도에 흥이 난 여자는 노인 곁으로 더 바싹 다가가 속삭였다.

"사실은 제가 하나밖에 없는 아들 녀석 때문에 걱정이 이만저만이 아닙니다. 아 이 녀석이 대체 뭐가 문젠지 해 달라는 거다 해 주고 갖고 싶은 거 다 사 줘도 도통 마음을 못 잡고 말썽만 부리고 다니네요. 얼마 전에는 반 애 하나를 때려서 글쎄, 입원까지 시켰지 뭐예요. 다행히 합의를 잘 봐서 어떻게 해결을 보긴 봤는데, 그런데 그쪽 부모도 참 격이 낮더군요. 처음에는 절대 합의를 안 해 주겠다면서 어디 소년원으로 보낼 거라고 악을 써 대는데, 누가 그 속 모르나요, 그렇게 버팅기면서돈이나 올려 받을 속셈인지? 이래서 없이 사는 사람들하고는엮이면 안 되는데 참. 아유, 그 인간들 얼굴만 떠올려도 머리가

146

지끈지끈 쑤시니 그만 생각해야겠어요. 아무튼 그래서 제 걱정이 이만저만이 아닙니다. 누가 봐도 본성은 참 착한 앤데 질 나쁜 애들하고 어울려 다니면서 못된 물이 들어 버린 거지요."

노인이 끄응, 소리를 내는데 여자는 가죽 가방을 아기 다루듯 부드럽게 문지르며 다시 속삭였다.

"주위에서 자꾸 그러네요. 학교를 좋은 곳으로, 물론 지금도 알아주는 명문고지만 그래도 여기보다 학군이 더 좋은 곳으로 전학을 보내거나 아니면 해외 유학을 보내는 게 어떻겠느냐고요. 그런데 막상 학교를 옮긴다 해도 분명 그 못된 녀석들이 또 찾아와서 꼬드길 테고, 유학을 보내 놓으면 거기에도 분명 못된 애들이 있으니까, 그 애들이랑 어울리면서 더 못된 짓을 하고 다니지나 않을지, 그 걱정에 제가 밤잠까지 설친다니까요. 어르신도 아시겠지만 그 미국이라는 나라가, 한번 유혹에 빠지면 마약이니, 여자니 하며 아주 사람 혼을 쏙 빼놓잖아요. 제가 이런 말까지는 안 하려고 했는데, 저희 시누이 딸도 유학 한번 잘못 갔다 와서 지금은 부모도 몰라보는 망나니처럼 군답니다. 어려서부터 밤에 노는 것만 기똥차게 배워 가지고 글쎄, 어머머머, 내가 지금 무슨 말을, 이 입이 방정이야. 아무튼 몸만 컸지 아직도 애기인데 그렇게 멀리 떨어뜨려 놓고 살 수나 있을지, 휴우. 어르신, 제가 어떻게 해야 하겠습니까?"

말을 마친 여자는 가방에서 주섬주섬 봉투 하나를 꺼내 노인 앞으로 내밀었다. 노인은 곁눈질로 봉투 안을 쓱 들여다보더니 아무 말 없이 다시 여자 쪽으로 밀어냈다.

"액수가 약소합니까?"

여자가 의아하다는 얼굴로 물었다.

"고작 이 정도로 집안의 우환을 해결하실 생각이셨습니까?"

노인은 다시 끄응, 소리를 내며 눈을 감았다.

"아이, 그럴 리가 있나요. 이건 우선 성의로 받아 주십시오. 우리 애가 어르신 말씀을 듣고 적응을 잘한다 싶으면 나중에 이것의 배를 드리도록 하겠습니다. 아니, 배가 뭡니까, 세 배도 드릴 수 있지요."

여자는 살랑거리는 애교 소리를 내며 노인의 품속으로 다시 봉투를 들이밀었다. 하지만 노인은 다시 봉투를 꺼내 여자의 두 손에 꼭 쥐여 주었다. 여자는 사양하지 말고 받아 두십시오, 하며 봉투를 밀어냈다. 노인도 지지 않고 봉투를 다시 한 번 여자에게 내주었다. 여자는 봉투를 못 줘서 안달이고, 노인은 안달 난 여자를 더 안달 나게 하려는 듯 완강히 봉투를 거절했다. 봉투가 왔다 갔다 하는 승강이가 계속된 지 한참 후, 노인이 여자의 귀에 입을 바싹 갖다 대고 살며시 속삭였다.

"부인, 부인의 뜻이 정녕 이렇게까지 완고하시다면, 좋습니다. 내 원래 이렇게 쉽게 비기를 알려 드리지는 아니하지만 특별히 부인을 위해서 알려 드리도록 하겠습니다."

노인의 갑작스런 태도 변화에 흥분한 여자는 귀밑머리를 넘기며 노인에게 바짝 다가왔다.

"우선, 그 개돼지만도 못한 아들 놈 버릇을 고쳐 주기 전에 부인부터 손을 좀 봐야 할 것 같습니다."

"네?"

여자는 노인을 돌아보며 눈을 동그랗게 치켜떴다. 하지만 여자가 그러거나 말거나 노인은 자기 말만 계속 이어 갔다.

"부인 머리에 든 그 똥들을 다 걷어 내려면 아주 열심히 수련을 하셔야 할 겁니다. 아, 똥들뿐인가요. 얼굴에 덕지덕지 붙은 심술보, 여기 허리춤에 그득한 비계들, 이왕 하는 김에 그놈들까지 몽땅 태워 버려야 하니까요."

여자는 입술을 씰룩거리며 뒤로 한 발 물러섰고, 노인은 여자가 물러선 그 틈으로 한 걸음 다가가며 말을 이었다.

"그러나 지금 당장은 안 됩니다. 오늘도 열심히 수련을 하고 있는 아이들이 있으니까, 그 아이들이 내려온 후 그때 가시기로 합시다. 아, 부모가 먼저 인간이 돼야 자식들을 가르칠 수 있는 것 아니겠습니까? 부모가 돼지처럼 굴면 자식은 그보다 더한 돼지가 되는 법이지요. 부인이 먼저 계룡산 수련을 다녀온 후 사람이 되면 그때 더 두고 보도록 합시다. 지금 생각으로는 아들 놈까지는 갈 필요도 없을 것 같기도 하고……."

얼굴이 붉게 달아오른 여자가 흘러내린 앞머리를 이마 위로 넘기며 물었다.

"도, 도대체 그게 무슨 말씀이십니까? 갑자기 계룡산은 뭐고 수련은 뭐고, 똥이라니요, 심술보라니요, 저를 두고 하시는 말씀이 아니죠?"

"하 참, 같은 말 쓰는 동족끼리 이리도 커뮤니케이션이 안 돼서야. 한마디로 말하면, 수련을 통해서 여기, 여기에 그득 차 있는 탐욕들을 다 없애 주겠다는 겁니다."

어느새 여자의 허리를 감싼 노인의 손이 급기야 엉덩이 아래로까지 슬금슬금 내려갔다. 새끼손가락이 허리의 경계선을 막 벗어났을 때 노인은 조금의 주저함도 없이 푸둥푸둥 살이 오른 여자의 엉덩이를 꽉 움켜쥐었다. 단박에 사과라도 부스러뜨릴 것 같은 옹골진 힘이었다. 별안간, 여자의 입에서 돼지 멱따는 소리가 터져 나왔다.

"까아아악."

여자는 사정없이 노인을 밀치며 길길이 날뛰었다.

"이, 이, 이 미친놈이 어디서 더러운 개수작이야. 가, 감히 내 엉덩이를 만져? 쌍, 내가 도사라고 소문났을 때부터 진즉에 알아봤지. 이런 거지같은 변태 영감탱이가 무슨 도사라고. 내가 정신 나간 년이지. 뭘 얻겠다고 돈까지 챙겨 와서."

여자는 구두 앞코로 흙을 퍽퍽 쳐 대면서 노인에게 욕지거리를 한바탕 퍼부었다. 어깨가 들썩이고 콧구멍에서는 더운 김이 폭폭 쏟아져 나오는 모습이 싸움을 앞둔 황소가 뒷발질로 시동을 거는 것 같았다. 여자는 삿대질로 노인의 이마를 툭, 툭 쳐 가며 다시 소리쳤다.

"내가 지금은 이렇게 가지만 각오하고 있어. 성추행으로 감옥에 처넣은 다음 포클레인을 몰고 와서라도 내가 이 거지 같은 거 다 부숴 버릴 테니까. 내가 누군데 감히 날 건드려. 이 동네에서 발붙이고 살 생각은 하지도 말아, 알았어? 내 참, 더러운 꼴을 다 당했네, 퉤엣."

노인은 넘어진 채로 개구리의 등을 쓰윽 쓰다듬으면서 여자가 하는 말을 듣고만 있었다. 여자는 그래도 분이 안 풀렸는지 "꼼짝 말고 여기 있어, 내가 당장 가서 경찰 데리고 올 테니까"라고 소리치며 천막을 한번 세게 걷어찼다. 그러고선 노인이 돌려준 돈 봉투를 손에 꽉 쥔 채 가쁜 숨을 몰아쉬며 산을 내려갔다. 그제야 노인이 여자의 등 뒤에 대고 큰 소리로 말했다.

"여기까지 온 수고도 있으신데 그냥 보내 드리면 섭하죠. 이놈이라도 받아 가십시오."

노인은 팔을 높이 휘둘러 쥐고 있던 개구리를 공중으로 번쩍 던졌다. 개구리는 큰 포물선을 그리며 하늘을 비행하더니 여자의 머리 위에 성공적으로 착지했다. 갈퀴 같은 앞발로 머리칼을 꽉 움켜쥔 개구리가 시끄럽게 울어 댔다.

개굴.

"꺄아악꺄아악꺄아아악아아아악꺄아아악아악아아악아아악꺄아아악아악아아아꺄아악아아아."

묵직한 개구리의 무게를 느낀 여자가 언덕 위에서 춤을 추듯 날뛰어 댔다. 그럴수록 개구리는 울음주머니를 부풀리며 더 크게 울어 댔다.

개굴개굴개굴개굴개굴개굴개굴개굴개굴개굴개굴개굴개굴
개굴개굴개굴개굴개굴개굴개굴개굴.

꺄아아아아아아아아아아아아아아아아아아아아아아
아아아아아아아아아아아아아아악.

개구리 울음소리와 섞인 여자의 비명이 온 산에 메아리치며
울려 대자 총총히 뛰어가던 까치가 꽁무니를 빼고 날아가고
먹이를 찾던 청설모는 무슨 일인가 싶어 나무 뒤로 얼굴을 빠
끔히 내밀었다. 머리가 산발이 된 여자가 허우적대며 산등성
이 너머로 사라진 뒤에야 숲 속에 다시 평온이 찾아왔다. 노인
은 늘 그렇듯 바위 위에 가부좌를 틀며 혼잣말을 했다.

"헛 참, 공짜로 수련을 보내 준다 해도 저 난리람. 그러고 보
니 그 애들은 수련을 잘하고 있는지……."

14

팬티, 양말, 러닝셔츠, 반바지. 볕이 잘 드는 바위에 젖은 옷가지들이 제멋대로 널브러져 있었다. 빨래라고 널어 둔 것이긴 한데 비누도 없이 샘물에 두어 번 조몰락거린 게 다라 목깃엔 땟물이 묻어 있고 양말 뒤꿈치는 석탄을 밟은 것처럼 새카맸다. 옷들 옆에는 막 설거지를 끝낸 양은 냄비가 덩그러니 놓여 있었다. 냄비에 꽂아 놓은 은수저 두 벌이 햇살을 받아 반짝반짝 빛이 났다.

계룡산에 온 지 열흘 정도가 지나자 합, 체의 생활에도 차츰 규칙이 생겨났다. 합의 하루는 체보다 두 시간 더 일찍 시작되었다. 합은 동 틀 무렵이면 알람 소리도 듣지 않고 눈을 번쩍 떴다. 체는 언제나 그렇듯 드르렁드르렁 코를 골며 세상 모르고 자고 있었다. 조용히 동굴을 빠져나간 합은 맨 먼저 샘에서 세수부터 했다. 고요한 숲과 새벽의 깨끗한 공기가 금세 정신을 맑게 해 주었다. 합은 손바닥으로 두 뺨을 찰싹찰싹 두드리며 "아자, 아자" 기합을 넣은 뒤 평평한 바위에 책을 펴 놓고 새벽 공부를 시작했다. 얼마 안 가 세상을 등진 구도자가 경전을 읊조리는 것 같은 소리가 구덩이 밖으로 흘러 나갔다. 다섯 시가 되면 공부를 잠시 멈추고 쌀을 물에 불려 놓는 것도 합의 몫이었다. 체가 쌀을 씻자마자 밥을 안치는 탓에 뜸이 덜 들어 "입안에서 밥알이 돈다, 돌아" 투덜대며 합이 자처한 일이었다. 그러곤 시계가 정확히 다섯 시 오십 분을 가리키면 어김없이 체를 흔들어 깨웠다.

"야, 일어나. 아침 수련 시간이다."

밥맛이 꿀맛이었다. 합, 체는 냄비 밑의 누룽지에 물까지 부어 밥 한 톨 남기지 않고 싹싹 긁어 먹었다. 반찬으론 포장 김, 포장 김치, 햄 캔, 참치 캔을 번갈아서 먹었는데, 절대 햄과 참치를 같이 먹어서는 안 되었다. 체는 모자란 반찬 때문에 가슴을 졸이면서 하루에 한 번 꼭 합에게 눈치를 주었다.

"야, 반찬 다 떨어지면 밥만 먹으려고 그래? 김치를 반쪽으로 찢어 먹어야지 그렇게 한꺼번에 먹으면 어떡해."

"김치 하나 갖고 뭘 그래. 그러게 좀 넉넉히 챙겨 오지 그랬어. 내가 누구 때문에 이 생고생인데."

"니가 이렇게 많이 먹을 줄은 몰랐지. 그리고 넌 아직도 그

생고생 소리냐. 누구 때문인 게 어딨어. 같이 좋자고 하는 일인
데."

"몰라, 난 내 마음대로 먹을 거니까 너 혼자 맨밥 먹든지."

말은 그렇게 했지만 합은 김치를 반으로 쭉 찢어 하나를 체
의 숟가락에 올려 주었다. 햄도 아니고 김치를 아껴 먹어 보기
는 처음이었다.

체가 아침 먹은 그릇을 설거지하는 동안 합은 샘물 옆 바위
책상에서 다시 공부를 시작했다. 해가 뜨거워져서 더 이상 밖
에 있을 수가 없는 지경이 되면, 그때는 또 말없이 동굴로 들어
가 빛이 가장 잘 드는 동굴 입구에 배를 깔고 누워 책을 펼쳤
다. 합의 하루를 지켜본 체는 도무지 이해가 가지 않는다는 듯
혀를 내둘렀다.

"야, 넌 진짜 지겹지도 않냐?"

합은 책에서 눈을 떼지 않은 채 건성으로 되물었다.

"뭐가?"

"어떻게 기계처럼 하루 종일 공부만 하냐?"

"기계는 무슨, 하면 할수록 재밌는 게 공부야. 니가 안 해서
그렇지."

"뭐가 그렇게 재밌는데?"

"내가 노력한 만큼 그대로 돌아오잖아. 세상에 공부만큼 정
직한 것도 없어."

"세상 다 산 사람처럼 얘기하네."

"그리고 뭣보다도 공부가 내 생존 수단이거든."

"거창하네."

"거창한 게 아냐. 사자한테 안 먹히려고 죽을 듯이 뛰는 가젤 본 적 있지? 사자 같은 이빨이 없으니까 대신에 그렇게 달리기라도 하잖아. 인간도 마찬가지야. 가젤의 다리처럼 각자 생존 수단 한 가지씩은 만들어야 한다고."

"안 만들면 어떻게 되는데?"

"잡아먹히는 거지."

"누구한테? 사자?"

"바보 같긴, 사자가 아니라 이 세상이다, 이 세상."

합이 훈계하듯 펜으로 이마를 툭툭 두드리자 체가 입술을 실룩거리며 또 물었다.

"그래서? 가젤처럼 살아남은 다음엔 뭘 할 건데?"

"알 거 없어. 그건 비밀이니까."

"야, 치사하게. 우리 사이에 비밀이 어딨냐?"

"우리 사이가 무슨 사인데?"

"우리 사이가 무슨 사인데? 와, 진짜 이렇게 나오기냐. 쌍둥이잖아. 세상에 둘도 없는 일란성 쌍둥이."

"넌 니 좋을 때만 쌍둥이라고 하냐. 그렇게 쌍둥이, 쌍둥이 챙기는 애가 왜 나한테 니 얘기 안 해 주는데?"

"난 비밀 같은 거 안 키우니까."

"있잖아."

"없어."

"있잖아."

"없다니깐."

합은 체의 얼굴을 뚫어져라 보더니 뚜렷한 입 모양을 만들었다.

"하, 윤, 아. 이래도?"

체는 갑자기 뭐에 쏘인 듯 벌떡 일어나며 소리를 질렀다.

"야, 야, 무, 무슨 헛소리야. 갑자기 하윤아 이름이 왜 나와? 그런 거 아니야."

합이 능글맞은 표정을 지으며 말했다.

"내가 뭐라고 했다고? 난 개 이름밖에 안 말했는데. 하여튼 넌 진짜 단순해. 니가 먼저 자진신고를 하고 있네."

"진짜 아니라니까."

합은 퉁명스럽게 대꾸하며 책장을 넘겼다.

"알았어. 아니라고 해 두자."

"아니라고 해 두는 게 아니라 진짜 아니야."

"그래, 아니다, 아냐."

얼굴이 시뻘게져서 식은땀을 뻘뻘 흘리는 체에게 합은 여유롭게 손사래를 쳤다. 체는 손톱을 잘근잘근 깨물기도 하고 괜히 바위를 퍽 걷어차기도 하면서 구덩이 주위를 뱅뱅 돌았다. 초조한 듯 뭐라뭐라 혼잣말을 하던 체가 합의 눈치를 힐끔 살피며 물었다.

"언제 알았는데?"

합이 피식 웃으며 말했다.

"수학여행 때. 걔만 뚫어져라 보고 있던데?"

"……."

"뭐, 별로 이쁘지도 않더만."

"니 눈은 머리 꼭대기에 달렸나 보지?"

턱을 괸 채 엎드려 있던 합이 킥킥 웃으며 몸을 돌려 체를 올려보았다.

"말이라도 해 봤냐?"

"무슨 말?"

"좋아한다고."

"그딴 유치한 짓 할 생각 없으니까 관심 끄고 너나 빨리 말해 봐. 도대체 뭘 할 건데 비밀이라는 거야? 보니까 별 대단한 것 같지도 않구만."

"웃을 것 같아서 말하기 싫어."

"안 웃을게."

"진짜?"

"그래, 내가 만약 조금이라도 웃으면 앞으로 평생 형이라고 부른다."

합은 만족스러운 듯 씨익 미소를 지었다.

"있지, 나는 진짜 열심히 공부해서 꼭 의사가 될 거다."

체의 얼굴이 김샌 사이다처럼 픽 일그러졌다.

"의사? 뭐야, 고작 그것 가지고 비밀이니 뭐니 뜸들였냐? 난 또 되게 대단한 일을 하려는 줄 알았네."

"넌 좀 사람 말을 끝까지 들어 봐라. 의사가 중요한 게 아니라 의사가 된 다음에 신 물질을 개발하는 게 포인트라고."

"신 물질? 무슨 신 물질?"

합은 잠시 망설이는 듯하더니 작은 목소리로 말했다.

"키 커지는 약."

체는 방금 전 약속대로 조금도 웃지 않았다. 그러자 합이 자신 있게 덧붙였다.

"내가 세계 최초로 키 커지는 약을 만들 거야. 어때, 죽이지 않냐?"

체는 바위 구덩이를 올라 밖으로 나가면서 혼잣말을 했다.

"키 커지는 약이라…… 그거야말로 비기다, 비기."

15

붉은 진주알 같은 열매들이 옹기종기 달려 있는 나무, 사냥한 무당벌레를 머리에 이고 나무 밑동 굴로 들어가는 개미 떼 행렬, 검은 갑옷에 삼지창 집게발을 휘두르며 개미들을 호시탐탐 노리는 약탈자, 배고픈 곤충들이 엄마 등처럼 찰싹 달라붙어 있는 소나무 껍질, 솔 냄새로 가득한 숲, 숲에 불어오는 바람, 바람을 만드는 하늘, 유유히 흘러가는 양떼구름.

체는 길이 없는 곳에 길을 만들며 계룡산을 자기 집 앞마당처럼 돌아다녔다. 무릎까지 올라오는 풀을 쏙 뜯어 빗자루처럼 끌고 다니기도 하고 예쁘게 생긴 열매를 먹었다가 혀를 마비시키는 떫은맛에 퉤퉤 뱉어 내기도 하고, 기분이 좋을 때는 키 작은 나무에 풀쩍 뛰어올라 가지를 세게 흔들어 대기도 했다. 제때를 맞은 나뭇잎은 쉽게 떨어질 줄 몰랐지만 대신 수풀에 숨어 있던 하얀 새가 놀란 가슴을 피루룽피루룽 다독이며 저 멀리 날아갔다. 그러면 체도 새소리와 비슷한 휘파람을 휘 이~ 휘이~ 불며 콧노래를 흥얼거렸다.

하루하루 지나갈수록 체는 산속 생활에 잘 적응해 갔다. 처음 계룡산에 들어왔을 때는 머리 깎은 수도승처럼 말 못하는 돌이나 바라보면서 33일을 견뎌 내야 하는 줄 알았는데 물이 오를 대로 오른 여름산은 눈을 돌릴 때마다 신기하고 처음 보는 풍경이 새롭게 나타났다. 체는 수련이 없는 빈 시간에는 하루 종일 산속을 쏘다니다가 녹초가 되어 동굴로 돌아오곤 했다.

숲 속 탐사를 계속하던 어느 날, 체는 메두사의 뱀 머리칼처럼 엉켜 있는 가시덤불 군락지와 맞닥뜨렸다. 그 너머로는 아직 한 번도 가 본 적 없는 낯선 길이었다. 체는 나뭇가지를 하나 꺾어 가시덤불을 일일이 풀어 가며 길을 닦았다. 체가 지나간 자리 뒤로 사람 한 명이 간신히 들어갈 만한, 토끼 굴 같은 좁은 길이 생겨났다. 가시덤불을 다 빠져나와 보니 근처에서 촤아아, 하는 물소리가 들렸다. 옆으로 흐르는 물이 아니라 위에서 떨어지는 물의 소리였다. 체는 그 소리의 진원지를 추적해 가며 썰매장만큼이나 기울어진 언덕을 전속력으로 뛰어 내려갔다. 평지에 다다르니 물소리가 점점 가까워졌다. 블라인드처럼 촘촘한 소나무 밭을 지나 바위 너머를 본 순간, 시야가 환해지면서 귓속이 뻥 뚫렸다. 폭포였다. 하늘에서 두레박으로 들이붓는 듯한 작은 폭포수가 사방의 바위를 때리며 쉼 없이 흘러내리고 있었다.

"이야야이야아아아아아!"

체는 신대륙을 발견한 탐험가처럼 격한 함성을 내지르며 그대로 다이빙할 자세를 취했다. 그러다가 아차차, 하며 왔던 길을 되돌아 뛰어갔다. 내리막길이 오르막길이 되어 포도 씨 같은 땀방울이 뚝뚝 떨어졌지만 마음은 신나기만 했다. 구덩이에 도착해 내려다보니 합은 항상 그렇듯 동굴 입구에 엎드려 책을 보고 있었다. 체가 크게 소리 질렀다.

"안 덥냐?"

합은 티셔츠 목 부분을 벌렁거리며 똑같이 소리를 질렀다.

"안 더우면 여름이냐. 그래도 그 위보단 동굴 안이 시원해. 너도 그만 돌아다니고 동굴에서 잠이나 자."

"나와 봐. 내가 목욕시켜 줄 테니깐. 우리 여기 와서 한 번도 목욕 못했잖아."

"목욕? 어디서?"

"나와 보라니까."

평소 같으면 공부하는 데 방해하지 말라고 쏘아 댔을 합이지만 작열하는 태양과 등을 흠뻑 적신 땀 때문에 목욕, 이라는 유혹을 내쳐 버릴 수 없었다. 합은 보고 있던 책을 슬며시 덮더니 못 이기는 척 자리에서 일어나 구덩이 벽을 올라갔다. 아까 뚫어 놓은 토끼 굴을 지나 가파른 비탈길을 쏜살같이 내려간 합, 체는 드디어 폭포수 앞에 이르렀다. 체는 티셔츠와 바지를 훌러덩훌러덩 벗어젖힌 뒤 일말의 망설임도 없이 폭포수에 첨 벙, 뛰어들었다. 등으로 굵은 폭포수가 떨어지자 괴성 같은 비명을 지르며 가슴을 문질렀다.

"으아아아아."

"야, 그래도 바지는 입어야지. 너 지금 다…… 보여. 팬티 좀 올려."

폭포수 줄기에 맞은 체의 팬티가 가랑이 사이로 흘러 내려가고 있었다.

"이깟 것 다 벗어 버리지 뭐. 어차피 보는 사람도 없잖아. 너도 빨리 들어와 봐. 진짜 시원해."

체는 실오라기 하나 걸치지 않은 벌거숭이가 되어 합에게 손을 흔들었다. 아무도 없는 게 분명한데도 합은 옷자락을 꽉 쥔 채 주저주저했다.

"빨리 들어오라니까. 이런 데서도 못 놀면 그건 진짜 찐따야."

체는 보란 듯이 개헤엄을 치며 뽀얀 물보라를 만들어 냈다. 합은 경계하는 눈빛으로 한 번 더 주위를 살폈다. 그러고는 주섬주섬 옷을 벗고 폭포수로 와락, 뛰어들었다. 얼음장 같은 물이 뼈마디까지 찔러 대자 합의 입에서도 야아야, 하는 소리가 저절로 터져 나왔다. 살을 녹이던 그동안의 더위가 폭포 줄기를 맞고 순식간에 사라져 버렸다. 합의 몸을 위아래로 쭉 훑어보던 체가 옆구리를 쿡 찌르며 물었다.

"어, 너 여기에 있던 비계 다 어디 갔냐?"

"무슨 비계, 내가 비계가 어디 있었다고."

체는 합의 뱃가죽을 여기저기 꾹 쥐어 잡으며 놀려 댔다.

"여기, 여기, 여기, 장난 아니었잖아."

"이게 감히 형님 뱃살을."

합, 체는 서로에게 물을 뿌리고 머리를 물밑으로 빠뜨려 가며 물장구를 쳤다. 둥근 어깨가 수면 아래로 사라졌다 나타났다 하면서 물고기 비늘 같은 물방울이 하늘 높이 튀어 올랐다. 그렇게 삼십 분을 넘게 물속을 휘젓고 다니니 시원하다 못해 어금니가 덜덜 떨리는 한기가 들었다.

"야, 그만하고 나가자. 얼어 죽겠다."

턱을 덜덜거리며 폭포수를 기어 나온 합, 체는 풀밭에 널브러져 있는 옷 위에 그대로 드러누웠다. 하얀 구름이 가는 듯 안 가는 듯 파란 하늘을 맴돌고 있었다. 눈을 흘기며 미워했던 붉은 태양이 이 순간만큼은 따뜻한 난로처럼 느껴졌다. 차가웠던 몸이 천천히 데워지자 뭉쳤던 근육이 풀리면서 나른한 잠이 쏟아졌다. 합, 체는 옷소매로 눈을 가리고 드르렁드르렁, 코까지 골아 가며 낮잠에 푹 빠졌다.

한참 후, 따끔거리는 느낌에 눈을 떠 보니 온몸이 단풍이 든 것처럼 빨갛게 익어 있었다. 합, 체는 누가 먼저랄 것도 없이 동시에 폭포수로 뛰어들었다.

"이야아아아아."

16

 계룡산 동굴에서 바깥세상의 일을 알 수 있는 유일한 방법은, 체가 다락방에서 챙겨 온 휴대용 라디오였다. 못쓰는 물건들과 함께 다락방 구석에 처박혀 있던 것을 텔레비전 대신이라는 생각에 한번 가져와 본 것이었다. 처음 얼마간은 수련하는 데만 마음이 쏠려 까맣게 잊고 있었는데 숲 속 탐험도 점점 지겨워지던 어느 날, 체는 그 라디오의 존재가 번뜩 생각났다.

 전원을 켜는 순간, 천 마리가 넘는 벌떼가 한꺼번에 웅웅웅, 하는 날갯짓을 해 댔다. 합, 체는 주파수를 맞추기 위해 동굴 입구로 라디오 자리를 옮겼지만 그래도 소리는 깨끗해지지 않았다. 동굴 여기저기를 옮겨 다니며 자리를 바꾸고, 또 바꾸고, 계속 바꿔 봐도 시끄러운 벌떼 소리가 사라질 줄 몰랐다. 이제는 아예 숲 속의 매미들까지 합세해서 벌떼와 함께 웅웅웅, 맴

맴맴 울어 댔다. 애초에 송전탑도 없는 산골에서 주파수가 쉽게 잡힐 리 없었다. 자리를 옮기는 게 효과가 없자 체는 라디오 볼륨을 최대한 높여 봤다. 이번에도 소리가 들리기는커녕 머리를 울리는 잡음만 더 커져 갔다. 할 수 없이 가전 기계를 고칠 때 가장 많이 사용하는 민간 처방을 따라, 라디오 몸체를 쾅쾅 때리기까지 했다. 하지만 지지직거리는 잡음은 라디오에 찰싹 들러붙어 떨어질 줄 몰랐다. 팔을 쭉 뻗어 높은 곳에 두니 잠깐 말소리가 들렸지만 그 자세로는 오 분도 버티기 힘들었다. 하다 하다 안 되자 체는 씩씩거리며 라디오를 뻥 걷어차려 했다.

"이거 완전 고물 아냐. 자리만 차지하는데 괜히 가져왔어. 차라리 햄이나 더 챙겨 올걸."

그때, 줄곧 턱을 괸 채 무언가를 골똘히 생각하던 합이 아, 하며 동굴 밖으로 뛰어나갔다.

"뭐 하려고?"

"기다려 봐."

동굴 지붕으로 기어 올라간 합은 주위에 난 들풀 한 무더기를 쑥 뽑아 새끼줄 꼬듯 단단하게 엮었다. 그런 다음 천장에 난 구멍으로 풀을 밀어 넣고 체에게 말했다.

"라디오 손잡이에 이 끈 좀 넣어 봐."

체는 합이 시키는 대로 하려고 했지만 키가 천장까지 닿지 않았다. 체는 잽싸게 밖으로 뛰어나가 윗도리를 보자기처럼 만들어 그 속에 돌들을 잔뜩 담아 왔다. 평평한 돌들을 차곡차곡 쌓아 받침대로 만든 체는 합이 내려 준 풀 끈을 받아 들고 라디오 손잡이에 집어넣었다.

"다 됐으니까 밑에서 잘 받치고 있어."

합은 끈의 한쪽 끝을 다른 구멍으로 받아 내어 위에서 단단히 묶어 주었다. 억센 풀로 몇 번이나 꼬아 만든 끈은 하늘에서 내려온 동아줄처럼 질기고 단단했다. 지붕에 난 구멍 밖으로 안테나를 쑥 빼는 것으로 합, 체의 한 시간 가까운 작업이 드디어 완료됐다. 천장에 매달린 라디오는 공중 그네를 타듯 흔들거리다 한순간에 움직임을 딱, 멈추었다.

"공부밖에 모르는 줄 알았는데 이런 생각도 할 줄 아네."

풀독이 오른 빨간 손바닥을 쓸어 대며 합이 으스댔다.

"형님이 이 정도시다."

돌에 올라가지 않는 이상은 라디오에 키가 닿지 않았기 때문에 합, 체는 밖에서 꺾어 온 긴 나뭇가지를 이용해 천천히 주파수를 맞춰 보았다. 그러나 여전히 지지직거리는 소리뿐. 오랜 작업에 지친 체가 한숨을 푹 내쉬며 바닥에 너부러지려는데 갑자기 라디오에서 희미한 여자 목소리가 들려왔다. 합이 얼른 주파수 휠을 조금 뒤로 돌려 보았다.

사연을, 지직, 소개하는 아, 앗, 세상에 이런 일도. 오늘은 부산 지지직, 해운대에서 강주은 씨가 보내 주신……

합이 손을 번쩍 들며 외쳤다.

"야, 됐다, 됐다, 됐어."

"됐어? 된 거야?"

합, 체는 목을 얼싸안고 동굴을 방방 뛰어다녔다. 비록 전원 하나를 켜기 위해서도 나뭇가지를 이용해야 했지만 리모컨으로 텔레비전을 켜고, 컴퓨터 전원 버튼을 엄지로 꾹 누르는 것과는 비교가 되지 않았다. 꼭 라디오를 직접 만들어 낸 것 같았다. 정확하게 잡히는 주파수는 딱 한 채널뿐. 그마저도 건전지가 아까워 하루에 한 시간, 오후 네 시에서 다섯 시까지만 듣는 것으로 합의를 보았다. 그러나 그 한 시간 동안 동굴에 흐르는 디제이의 목소리는 조난당한 산에서 발견한 희미한 불빛과도 같았다.

계룡산에 온 지 15일째 되는 날. 합은 책을 읽으면서, 체는 그 옆에 손 베개를 하고 누운 채로 라디오를 듣고 있었다.

친구와의 약속이 취소되어서 어쩔 수 없이 콘서트 장에 혼자 가게 되었습니다. 다들 끼리끼리 모여 있어서 좀 소외감을 느끼고 있었는데 제 옆자리 남자도 혼자 왔더라고요. 그 때문에 저희는 묘한 동질감을 느꼈고 서로 가볍게 눈인사를 주고받았습니다. 두 번째 만남은 시내의 횡단보도 앞에서였습니다. 어디선가 본 것 같아서 계속 쳐다봤더니 그 남자가 먼저 콘서트 얘기를 꺼내더라고요. 그 순간 이런 게 인연인가, 하는 생각이 잠깐 들었지만 시간이 없어서 오래 이야기도 나누지 못하고 헤어졌습니다. 그리고 어제, 저는 면접을 보러 오라는 전화를 받고 회사로 가던 중이었습니다. 그러다가 전철에서 그 남자를 또 만나게 된 거죠. 저희 둘 다 처음에 얼마나 웃었는지 모릅니다. 이런 우연도 다 있다는 이야기를 하는 사이 전철이 역에 도착했습니다. 제가 내려야 한다고 했더니 그 남자도 함께 내리더군요. 저는 처음에는 절 따라오려는 줄로 착각했습니다. 그런데 알고 보니 그 남자도 저랑 같은 회사의 면접을 보러 가던 중이었습니다. 그때는 저희 둘 다 소름이 돋을 정도로 놀랐습니다. 아직 합격이 됐는지 안 됐는지는 모르지만 그것보다는 그 남자와의 계속된 만남이 더 신경 쓰이네요. 지니 언니, 이런 건 우연일까요, 인연일까요, 운명일까요?

서울 동대문구에서 이지혜 씨가 보내 주신 사연인데요, 옷깃만 스쳐도 인연이라는데 이 정도면 운명이라고 해도 되지 않을까요? 만약 두 분 다 그 회사에 입사하시면 그다음은……

체가 합이 있는 오른쪽으로 돌아누우며 말했다.

"우리도 나중에 산에서 내려가면 라디오에 사연이나 보내 볼까?"

"뭐라고?"

"계룡산 신령한테 비기를 전수받고 형제동굴에서 수련을 한 합, 체. 33일간의 비밀스런 수련! 어때, 필이 딱 오지 않냐?"

"산신령이 아니라 그냥 도사 아니냐?"

"쩨쩨하긴, 원래 방송은 오버가 필요한 거야. 야, 우리 진짜

산에서 내려가면 방송국에 사연 한번 보내 보자. 저런 시시한 얘기도 뽑히는데 우리 얘기 정도면 백 퍼센트 당첨되지 않겠냐? 상품도 되게 많이 주잖아."

합이 책에 빨간 별표를 그리면서 대꾸했다.

"그거야 성공했을 때의 얘기고."

"뭐?"

순간, 합의 말을 들은 체의 얼굴이 이끼 낀 동굴 벽처럼 새파래졌다. 체는 손을 풀고 자리에서 일어나며 합에게 물었다.

"그러니까 니 말은…… 우리 수련이 실패할 수도 있다는 거야?"

체의 얼굴이 너무 심각하자 합은 아직 읽지도 않은 책장을 빠르게 넘기며 아무렇지 않은 듯 대꾸했다.

"누가 그렇대."

체가 다그치며 소리를 버럭 질렀다.

"니 입으로 방금 그렇게 말했잖아, 그건 성공했을 때의 이야기라고. 그건 실패할 수도 있다는 뜻이잖아."

흥분한 체와 달리 합은 침착한 목소리로 대꾸했다.

"넌 툭하면 소리부터 지르고 보더라. 아직 수련이 끝나지도 않았는데 니가 지금부터 사연을 보내느니 뭐 하느니 하면서 설레발을 치니까 그런 말이 나온 거 아냐. 비기가 왜 비기겠냐, 아무한테나 떠벌리지 말고 숨기고 있어야 비기 아니야. 너처럼 동네방네 라디오까지 소문내고 다니면 그게 비기냐. 좀 조

170

심하라고 하는 말이야."

합의 해명에 체가 목소리를 누그러뜨리고 물었다.

"진짜? 그게 다야?"

"그래, 이게 다야."

체는 굳은 다짐을 받는 얼굴로 말했다.

"알았어. 나도 이제부터 안 그럴 테니까 너도 그런 말은 하지 마. 얼마나 놀랐는데."

"알았어."

체는 그제야 굳었던 얼굴을 풀었다. 라디오에서는 '지도에 없는 길도 갈 수 있는 슈퍼 내비게이션'을 선전하는 광고가 흘러나오고 있었다. 체는 아까처럼 바닥에 드러누우며 합에게 물었다.

"근데 넌 키가 커지면 뭐가 가장 하고 싶냐?"

"글쎄……."

"시시하긴, 평소에 그런 생각도 안 해 봤어?"

"해 보긴 했는데 갑자기 물어보니까 생각이……. 아, 맞다, 체육한테 그만 좀 혼나게 슛이나 막 날려 봤음 좋겠다. 우리 체육은 왜 죽어라 농구만 시키는지. 체육 때문에 만날 평균 깎아먹잖아. 체육 실기만 아니면 전교 일등도 할 수 있었는데."

"겨우 그게 다야?"

"일단은. 그러는 넌?"

"나?"

체는 오래전부터 가슴속에 만들어 두었던 리스트를 활짝 펼쳤다. 키 크면 할 일들. 조회 시간에 맨 뒷줄에 서 보기, 교실 맨 뒷자리에 앉기, 바지 사서 밑단 안 줄이기, 밖에서 초등학생으로 오해받지 않기, 농구 선수가 돼 볼까, 배구 선수가 돼 볼까, 아니면 슈퍼 모델? 하고 싶은 게 하도 많아서 하나만 고르기도 힘들었다. 그러나 무엇보다도 가장 먼저 해야 할 일은 구병진 밟아 주기였다. 키가 커져서 나가면 다시는 난쟁이니, 난쏘공이니 하는 헛소리를 못하게 구병진을 마구 밟아 줄 생각이었다. 키 좀 크다고 세상에서 제일 잘난 것처럼 거들먹거리는 목을 닭 모가지 꺾듯 확 비틀어 버리고 싶었다.

아니, 아니야.

깊은 생각에 빠졌던 체는 고개를 절레절레 흔들었다.

나까지 유치하게 굴면 구병진 그 자식이랑 같은 수준밖에 안 되는 거야. 그러지 말고 철저하게 무시해 주자. 그래, 어, 구병진, 너 거기 있었냐? 너무 희미해서 안 보였지 뭐야. 그러면서 크게 비웃어 주는 거야. 그것도 윤아가 보는 앞에서. 큭, 큭.

"으하하하하하하하."

체는 난데없이 동굴이 떠나가라 웃어 댔다. 합이 깜짝 놀라 이상한 눈으로 보았지만 체는 배꼽까지 잡고 동굴을 데굴데굴 굴러다니며 웃음을 멈추지 않았다. 생각하면 할수록 짜릿했다. 어서 그날이 오기를. 이제 딱 18일 남았다.

17

후드득.

아침 수련을 하고 있는 합, 체의 이마 위로 빗방울이 떨어지기 시작했다. 하늘을 올려다보니 멀지 않은 데서 먹구름이 몰려오고 있었다. 그래도 합, 체는 중단하지 않고 끝까지 합, 체, 합, 체, 호흡을 이어 가며 아침 수련을 끝냈다. 그러나 시간이 갈수록 빗방울이 점점 더 굵어지더니 정오가 되어서는 계룡산 전체가 비 오는 소리에 푹 잠겨 버렸다. 어쩔 줄 몰라 하던 합, 체는 할 수 없이 동굴 안에서 점심 수련을 해야 했다. 구덩이는 빗물을 그대로 담는 구조였지만 다행히도 비가 내리는 족족 바위 틈새로 스며들어 물이 고이지는 않았다. 동굴 천장에 난 구멍도 홍수를 염려할 정도로 큰 것은 아니어서 합, 체는 수건으로 라디오만 잘 덮어 둔 다음 동굴 입구에 나란히 앉아 빗줄기를 바라보았다.

"벌써 반이 지났어. 이제 수련도 2주일 후면 끝이다."

합이 말했다.

"알아."

"좀 커진 것 같냐?"

"급하기는, 이제 겨우 반 조금 지났는데."

"그렇지?"

빗줄기를 이기지 못한 잎들이 잔뜩 젖은 채 하나둘 떨어져 내렸다. 합이 발밑으로 쓸려 온 잎 하나를 주워 들며 말했다.

"엄마, 우리 걱정 많이 하고 있겠지?"

"어……."

"보고 싶다."

"응……."

합이 갑자기 무슨 생각이 났다는 듯 체에게 물었다.

"아, 너 그날 기억나냐?"

"언제?"

"아버지 돌아가시기 얼마 전에 이렇게 비 온 적 있었잖아. 그때 아버지가 우산 들고 우리 마중 나왔던 거."

"그랬었나?"

"기억 안 나?"

"날 것 같기도 하고……."

"그런데 너, 아버지 보자마자 비 다 맞으면서 교문 밖으로

막 뛰어가 버렸잖아."

"내가?"

"정말 기억 안 나?"

"몰라."

체는 턱을 괸 채로 빗줄기에만 눈을 두고 있었다. 합이 체를 향해 고개를 돌리며 물었다.

"너 아버지가 창피했냐?"

"……."

합이 들고 있던 이파리를 빙글빙글 돌리며 말했다.

"너 모르지, 그때 아버지 얼굴이 어땠는지. 나는 아버지가 그런 얼굴 한 거 처음……."

체가 합의 말을 자르며 입을 열었다.

"아버지가 창피한 게 아니라……."

"아니라?"

"아버지 그때 무슨 우산 쓰고 왔는지 기억나나? 우리가 유치원 때 썼던 개구리 우산 쓰고 왔잖아. 안 그래도 작은데 개구리 우산까지 쓰니깐 어른이 아니라 진짜 애 같았단 말이야. 아버지가 창피했던 게 아니라 그냥 그 우산이 싫어서……."

합이 피식 웃으며 말했다.

"그러고 보니깐 기억난다. 우리보다 아버지가 그 우산을 더 좋아했잖아."

"그러니깐, 취향이 진짜……."

"아버지, 사람들 웃기는 거 좋아했잖아. 그 우산도 일부러 쓰고 온 걸 거야."

"그렇게 만날 웃기려고 하니까 사람들이 더 얕잡아 봤던 거 아냐. 난쟁이, 난쟁이 하면서."

체는 지금 생각해도 화가 난다는 듯 씩씩거렸다.

"그래도 난 아버지가 사람들한테 난쟁이 소리 들었다고 화내는 거 한 번도 본 적 없다."

체가 시무룩하게 대꾸했다.

"나도 없어."

"아버지는 한 번도 화가 안 났을까?"

"아버지가 예수님 부처님이냐? 그런 소리 듣고도 화 안 나게. 그냥 참았던 거겠지. 난쟁이라고 놀린다고 울컥해서 화내면 사람들이 멈출 것 같아? 아마 더 놀렸을 거다. 화난 난쟁이라고."

체는 동굴 입구에 부스러져 있는 돌멩이들을 맞은편 벽에 마구 집어던졌다. 비에 막힌 돌멩이들은 벽에 닿기도 전에 바닥으로 떨어져 내렸다. 합이 조심스럽게 체의 눈치를 봐 가며 물었다.

"근데 넌 그날, 구병진한테 왜 그렇게 화냈어? 너도 그냥 무시해 버렸으면 됐잖아. 어차피 한두 번 듣는 얘기도 아닌데."

체는 흙 부스러기가 남아 있는 손바닥을 밖으로 내밀어 떨어지는 빗물을 받았다. 흙이 빗물에 쓸려 손가락 사이사이로 다 빠져나가자 체는 무릎 사이에 얼굴을 깊게 박았다. 한참 후, 체가 빗소리에 잠겨 들리지도 않을 작은 목소리로 말했다.

"키가 작다고 놀리는 건 얼마든지 참을 수 있어. 근데 난쏘공이라고 하는 건…… 그건 진짜 우리 아버지 얘기 같아서 참으면 안 될 것 같았어."

비를 맞은 것처럼 체의 어깨가 떨리고 있었다. 합은 체의 목덜미에 손을 얹으며 말했다.

"그건 그냥 소설이야, 아버지랑도 우리랑도 아무 상관 없는."

"……응."

빗물 떨어지는 소리가 차츰 약해지고 있었다. 투명 장막처럼 동굴 주위를 감싸던 빗줄기가 멈추자 나뭇잎들 사이로 환한 햇빛이 쏟아져 내렸다. 빗물에 젖어 있던 바위들이 조금씩 말라 가면서 형제동굴 주위가 물청소라도 한 듯 반짝반짝 빛이 났다. 합, 체는 동굴 바깥으로 나가 크게 기지개를 켰다. 빗물이 구덩이의 얼룩들을 모두 쓸어 가 바닥이 한 번도 밟지 않은 새벽 눈밭처럼 가지런했다. 눈을 감은 채 햇살을 흠뻑 쐬던 체가 갑자기 동굴로 들어가더니 농구공을 꺼내 가지고 나왔다. 방금 전까지 어두웠던 얼굴은 빗물에 씻겨 나간 듯 사라지고 태양을 닮아 환하게 빛나고 있었다.

"나가자."

"농구하게?"

"나 말고 너 좀 가르쳐 주려고. 체육한테 안 혼나게 골 좀 넣어 보는 게 소원이라며."

"골대도 없잖아."

"없으면 만들면 되지. 라디오도 나오게 했는데 그거 하나 못하겠냐."

구덩이를 올라 밖으로 나온 체는 주위를 두리번거리더니 풀들 사이에서 쑥 솟아나 있는 떡갈나무 앞에 섰다. 합, 체가 두 팔을 힘껏 뻗어도 다 품지 못할 정도로 큰 나무였다. 제자리 뛰기로 떡갈나무의 가장 낮은 가지에 풀쩍 올라탄 체는 입고 있던 티셔츠를 훌러덩 벗어 젖혔다. 그러고는 머리맡에 있는 굵은 나뭇가지에 티셔츠를 꽉 둘러매었다.

"이게 골대라고 생각해. 여기 한가운데에다 맞히면 그게 골이고."

티셔츠에는 과녁 모양의 그림이 그려져 있어 제법 그럴듯한 골대로 보였다. 가지에서 뛰어내린 체는 합에게 다가가 브이자를 그리며 말했다.

"농구의 핵심은 딱 두 가지야. 밀고 당기기."

"밀고 당기기? 밀땅? 그건 연애할 때 쓰는 기술 아니야?"

"어디서 그런 건 또 주워들어 가지고. 이건 내가 텔레비전에서 탱고 추는 사람들을 보고 직접 이름 붙인 거야. 공을 가로챌 땐 확실히 몸 쪽으로 당겨 주고, 슛을 던질 때는 여자를 확 밀쳐서 솔로 댄스를 추게 하는 것처럼 공이 혼자서 빙글빙글 돌게 하면 돼. 어쨌든 이론은 이렇고, 실전에서는 손에 그런 느낌만 가지고 있으면 돼. 내가 먼저 공격할 테니까 뺏어 봐."

체는 익숙한 몸짓으로 드리블을 해 순식간에 합을 제치고 공을 던졌다. 티셔츠 과녁을 때리는 공.

골인.

합은 손도 못 써 보고 떨어지는 공만 겨우 주워 들었다. 이번에는 합이 골대를 향해 공을 휙 날렸다. 하지만 공은 골대 근처에도 못 가고 중간에서 툭 떨어져 버렸다.

"팔에 힘이 덜 들어갔잖아. 그러니깐 공도 바람 빠진 것처럼 힘이 없지."

체는 합이 넣지 못한 공을 붙잡고 가볍게 레이업 슛을 날렸다. 공을 맞은 과녁이 또 펄럭.

체는 사방에 손 키스를 날리며 요란스럽게 골 세레모니를 했다. 체가 방심한 틈을 타 합이 공을 뺏어 들고 재빠르게 나무로 향했다. 그리고 점프를 해서 다시 휙. 또 안 맞았다.

"그래도 아까보다는 점프가 낫네."

체는 데구루루 굴러오는 공을 낚아채 그대로 과녁을 향해 휙 던졌다. 이번에도 펄럭. 3점 슛 도사답게 군더더기 없는 깔끔한 동작이었다. 체는 이번에는 합 주위를 빙빙 돌면서 골려주듯 인디언 호령 소리를 냈다. 체의 도발에 성이 난 합은 이야 아아, 소리까지 내지르며 공으로 달려들었다.

공을 넣고, 빼앗고, 튀기고, 다시 빼앗으면서 숲 속을 휘젓던 합, 체는 어느 순간 누가 먼저랄 것도 없이 바닥에 풀썩, 쓰러져 버렸다. 흙탕물이 튀어 머드팩이라도 한 것처럼 온몸이 얼룩덜룩했다. 합은 유난히 큰 소리로 헉헉 숨을 몰아쉬었다.

"13대 0. 어떻게 한 골도 못 넣냐."

체가 고개를 저으며 말했다.

"니, 니가…… 허, 헉, 농구하러 돌아다닐 시간에 난…… 공부하잖아. 다…… 당연한 거 아냐."

체는 들고 있던 공을 티셔츠 과녁을 향해 휙 던지면서 대꾸했다.

"그게 뭐 자랑이라고. 아버지 피를 물려받았으면 본능적으로 공을 쏠 수 있어야 하는 거 아냐. 난쏘공이라잖아, 난쏘공."

합이 입을 삐죽 내밀고 구시렁댔다.

"공 얘기 하는 거 싫다고 할 때는 언제고……."

바람이 불자 체가 걸어 놓은 티셔츠가 깃대에 꽂힌 깃발처럼 펄럭거렸다. 깃발과 함께 합, 체가 누워 있는 풀밭도 우수수 흔들리며 초록 물결을 만들어 냈다.

18

계룡산의 녹음이 짙어지고 있었다. 푸른 물이 오른 나무의 잎사귀, 하늘로 튀어 오르는 폭포의 물방울, 낯선 소리를 경계하며 귀를 쫑긋 세운 고라니. 그 모든 생명을 품은 채 계룡산의 여름은 평온하게 흘러갔다.

발길이 끊이지 않는 등산객들과 맨몸으로 물놀이를 하는 아이들은 여느 피서와 다르지 않은 풍경이지만 이해 계룡산의 여름에 달라진 것이 하나 있다면, 범인(凡人)들은 그 존재조차 모르는 형제동굴에서 합, 체가 수련을 하고 있다는 것이었다.

형제동굴 주위의 수풀은 허리를 감아 챌 정도로 무성해졌고 사람 손을 타지 않은 탓에 희귀한 생물들까지 섬섬히 자라났다. 간혹 길 잃은 동물들이 구덩이 주위를 기웃거리다가 합, 체, 합, 체, 하는 소리에 깜짝 놀라 줄행랑을 치는 일도 있었다.

합, 체의 수련은 계획대로 잘 진행되고 있었다. 해는 벌써 스물한 번을 뜨고 졌다.

합, 체는 서로에게 등을 돌린 채 앉아 있었다. 합은 책이 찢겨 나갈 정도로 거칠게 책장을 넘기고, 체는 체대로 동굴 벽을 뚫어 버릴 심산으로 농구공을 던져 댔다.

"시끄러. 나가서 해."

합이 뒤도 돌아보지 않고 말했다. 그러자 체가 더 세게 농구공을 튀기며 대꾸했다.

"시끄러우면 니가 나가."

동굴 안의 냉기보다 더 차가운 기운이 둘 사이에 감돌았다. 합, 체는 일부러 경쟁이라도 하려는 듯 더 크게 책장을 넘기고, 더 세게 농구공을 던졌다. 잠시 후, 체가 눈을 한 번 꾹 감더니 농구공을 들고 동굴을 나가 버렸다. 합은 그제야 시끄럽게 책장 넘기던 손을 천천히 멈췄다. 손끝이 새빨개져 있었다.

느닷없이 일어난 합, 체의 다툼은 오늘까지 포함해 딱 스물한 번을 뜨고 진, 바로 그 해 때문이었다. 점심 수련이 끝나갈 때쯤 합이 버럭 신경질을 냈다.

"효과도 없는 걸 언제까지 계속해야 하는 거냐."

올 여름 들어 가장 무더운 날씨 같았다. 나무들이 만들어 주는 차양도 아무 효과가 없어 뜨거운 햇볕이 정수리에 그대로 쏟아졌다. 마주 잡은 두 손에 가득 찬 땀은 벌레처럼 꿈틀거리고 있었다.

"하기 싫으면 가든지."

다른 때 같으면 합의 비위를 맞추려고 노력했겠지만 그 끈 덕지고 흥건한 땀 때문인지 체의 입에서도 쏘아붙이는 말이 나와 버렸다. 합이 곧장 되받아쳤다.

"누구 때문에 내가 이 고생인데."

체도 지지 않고 소리 질렀다.

"아직도 그 소리냐. 누구 때문이긴 누구 때문이야. 내가 널 끌고 온 것도 아니고 니 발로 왔으면 니 책임도 반인데 누구 때문이란 소리는 왜 자꾸 해."

합의 목에 핏대가 섰다.

"허, 니가 안 끌고 왔다고? 꼭두새벽에 깨워서 집을 나가자고 하지를 않나, 갑자기 기차를 태우지를 않나, 같이 안 가면 죽어 버리겠다고 협박하지를 않나, 이래도 니가 끌고 온 게 아니야? 꼭 개처럼 질질 끌고 와야 끌고 온 거냐. 니가 오지 않으면 안 되게 만들었잖아."

체는 합보다 더 큰 핏대를 세우며 대꾸했다.

"말은 똑바로 해. 내가 언제 죽어 버린다고 했어? 그리고 니가 내 말에 다 동의를 했으니까 온 거지, 그게 어떻게 내가 널 끌고 온 거야. 너 바보냐? 그 정도 사리분별도 못해?"

"기가 막히네. 같이 가자고 빌 땐 언제고 이제 와서 뭐? 걱정 마, 너보단 훨씬 머리 좋으니깐."

"공부 좀 잘한다고 머리가 좋은 거냐. 상황 파악도 제대로 못하는 게."

"내가 상황 파악 못하는 건 또 뭔데?"

"니가 지금 나 때문에 여기서 생고생이니 뭐니 불평할 처지가 아니라고. 내가 니만 좋자고 이러냐. 안 그래도 디워 죽겠는데 열 받게 좀 하지 마. 씨발."

"뭐, 씨발?"

"……."

체는 할 수만 있다면 그 씨발을 사발쯤으로 고치고 싶었다. 그러나 뱉은 말을 주워 담기엔 이미 늦어 버렸다. 이글거리는 눈빛으로 체를 노려보던 합은 아무 말 않고 동굴로 휙 들어가 버렸다.

수련이 반이 지나면서 체는 매일매일 심장이 쪼그라드는 기분이었다. 내일은 22일, 다음 날은 23일. 그렇다면 이제 남은 날은 딱 열흘. 지금쯤이면 최소한 한 뼘 정도는 자라야 합에게 얼굴이 서는 건데 아직까지 합, 체의 몸에는 아무 변화도 일어나지 않았다. 정확히 말하면 구레나룻의 숱이 좀 더 조밀해지고 뒷머리가 목에 까슬까슬할 정도로 자라긴 했다. 그러나 신체 중에 자랄 수 있는 것, 털이니 손톱이니 발톱이니 하는 자질구레한 것들을 제외하고, 꼭 자라야 하는 그것, 키만은 전혀 변화의 기미가 보이지 않았다. 서울을 떠나올 때 입었던 짧은 바지가 여전히 맞았고 동굴 입구의 높이도 처음과 똑같았다. 매일 아침 일어나자마자 두 다리를 부여잡고 확인해 보면…….

체는 고개를 푹 꺾었다.

내일은 갑자기 한 뼘 정도 자라 있을지 몰라, 그런 기대를 품고 다음 날 새소리에 잠을 깨 두 다리를 확인해 보지만 다리는 여전히, 계속해서, 앞으로도 쭉 그럴 것처럼 짧기만 했다. 할 수 없이 합이 뭔가 진지한 말을 할라치면 체는 헛기침을 크흠, 하고 동굴을 나가서 다음 수련 시간까지 산속을 쏘다녔다.

어느 날 저 가슴 깊은 곳에 희미하게 남아 있던 불씨에 바람이 훅 불어왔다. 이윽고 그 틈에서 불신의 연기가 솔솔 피어올랐다.

그 계도산지 개도산지 영감탱이가 진짜 나한테 사기 친 거 아냐? 도대체 반이나 지났는데 왜 아직까지 자라질 않느냔 말야. 그러고 보니까 생긴 것도 사기꾼처럼 야비하게⋯⋯.

노인에게 한바탕 욕을 퍼부어 주려던 체는, 그러나 이내 고개를 도리도리 저었다.

아니야, 괜히 의심을 하면 될 일도 안 되는 법이지. 무엇보다도 도사님이 나한테 사기를 칠 이유가 없잖아. 나한테 사기 친다고 돈이 나오는 것도 아닌데. 오체, 자꾸 이러지 말자. 합이 저러는데 너까지 흔들리면 안 돼. 믿자, 무조건 믿는 거야.

체의 모든 희망은 33일에 걸려 있었다. 30일도 아닌 33일, 그것에 수련의 모든 비밀이 숨겨져 있으리라고 믿었다. 그동안 주위들은 온갖 지식을 총동원해 우리 민족은 예부터 숫자 3을 중요시했다느니, 그 3이 한 개도 아닌 두 개가 모여 있으니 비기도 보통 비기가 아닐 것이라느니, 어쩌면 33이 자신들 같은 쌍둥이를 상징하는 것일지도 모른다느니, 그래서 수련만 제대로 한다면 33일이 되는 아침에 갑자기 키가 자라 있을 것이다, 라는 나름의 빙어벽을 세웠다. 하지만 그렇게 스스로를 다독이다가도 또 어느 순간에는 어디선가 불어온 태풍이 애써 만든 벽을 다 무너뜨려 버렸다.

내가 무슨 고무 인간도 아닌데 어떻게 하루아침에 쭉 늘어날 수 있겠어.

울상이 된 체는 머리를 싸매고 자리에 엎드렸다. "날마다 조금씩 자라야지 하루아침에 확 크는 게 말이 되냐"라는 합의 불평이 3이 두 개 모였으니 보통 비기가 아닐 것이라는 자신의 방어벽보다 훨씬 튼튼했다.

밤낮으로 합, 체를 외치며 땀을 쏟다가도 갑자기 어느 순간에는 동굴 벽을 쿵 때리며 노인을 욕하고, 잠시 후에는 아니야, 계도사님을 의심해선 안 돼, 내일은 분명 키가 커져 있을 거야 하는 희망을 품으며 다시 잠이 들고, 그러다 아침에 두근거리는 마음으로 침낭에서 나왔는데 여전히 짧은 두 다리를 보고는 고개를 푹 꺾으면서, 그렇게 합, 체의 다사다난한 나날이 흘러갔다.

식량도 다 떨어져 가고 있었다. 넉넉하게 가져왔다고 생각했는데 수련 초기에 예상보다 많이 먹어서인지 쌀 주머니는 스스로 서지도 못할 정도로 축 늘어졌다. 이제 마지막 남은 반

찬은 포장 김 열 개와 참치 캔 세 개, 햄 캔 다섯 개, 김치 세 팩 뿐. 체는 합의 눈치를 보느라 반찬에는 거의 손도 댈 수 없었다. 얼마 전까지만 해도 합이 김을 집을 때면, "김 한 장에 밥을 많이 담으란 말이야" 하고 잔소리를 늘어놓았는데 이제는 자신이 김치 한 줄기를 세 쪽으로 찢어 먹는 처지가 되었다. 합은 김을 집고 김치를 먹는 데 전혀 주저하는 바가 없었다. 일부러 그러는 건지 젓가락질이 더 꼿꼿하고 당당해졌다. 괜히 욕은 해서. 체는 눈에 띄지 않는 옹졸한 젓가락질을 하며 씨발을 사발로 얼른 고치지 못한 것을 몇 번이나 후회했다.

19

짙은 안개였다. 계룡산 국립공원 관리자는 사무실을 나오면서 침침한 눈을 비벼 댔다. 그러나 눈에 낀 안개가 아닌지라 그렇게 비빈다고 걷힐 턱이 없었다. 관리자는 마침 주차장을 청소하고 있던 인부에게 말을 걸었다.

"아침부터 안개가 장난이 아니네."

인부는 밤새 이슬을 맞고 축축하게 젖은 쓰레기들을 치우며 대답했다.

"그러게요. 이렇게 짙은 안개는 오랜만이네요."

"꼭 무슨 일이 일어날 것 같은데……."

"일은 무슨, 곧 걷히겠죠."

인부가 대수롭지 않다는 듯 대꾸하자 관리자가 곁으로 바싹 다가와 말했다.

"아 계룡산에서 일을 한 지가 십 년이면 도는 못 닦아도 적어도 그 전설은 들어 봤을 거 아닌가, 그 얘기 모르나?"

"무슨 얘기요?"

인부는 귀동냥이라도 하자는 태도였다.

"아 그 암용추와 수용추에 전해져 내려오는 전설 말이야. 꼭 이렇게 안개가 짙은 날에 용 두 마리가 승천했다고 하잖나."

인부가 피식 웃으며 대꾸했다.

"에이, 그거야 그냥 하는 얘기죠 뭐."

관리자는 억울하다는 표정을 지으며 손사래를 쳤다.

"그냥 하는 얘기가 아니야. 이 사람 참, 저 산등성이 좀 보게. 저게 어디 평범한 산처럼 보이는가?"

인부는 굽혔던 허리를 펴 관리자가 가리키는 산등성이를 올려다보았다. 계단 올리듯 층층이 쌓인 안개는 그 위를 타박타박 걸어가도 다리가 빠지지 않을 만큼 두꺼워 보였다. 그렇게 안개 속을 걸어 꼭대기까지 오르면 두 마리까지는 아니더라도 용 한 마리 정도는 승천하는 모습을 볼 수 있을 것 같은 오묘한 빛이 계룡산 전체를 감싸고 있었다.

"묘한 구석이 있긴 하네요. 그래서 정말 오늘 용이 승천하기라도 한단 말이에요?"

관리자는 먼 데를 바라보며 말했다.

"뭐, 그거야 용님들 마음에 달려 있는 거 아닌가? 오늘 운이 좋으면 용님들이 승천하는 걸 볼 수 있을 테니까 두 눈 똑바로 뜨고 잘 지켜보라고."

"사진으로라도 찍어 두어야겠는데요. 돈 받고 팔면 청소일
보다야 쏠쏠하겠죠."

관리자와 인부가 마주 보고 허허허 웃었지만 안개의 장벽에
막힌 웃음소리는 멀리 퍼지지 못하고 곧 사그라들었다.

합, 체가 계룡산에 온 지 24일. 마치 계룡산 신선이 하얀 향
을 피워 놓은 듯한 안개가 산봉우리를 지그시 누르고 있었다.
안개가 닿는 곳은 예외 없이 그 존재가 희미해졌다. 폭포수 소
리는 반투명의 장막에 갇혀 잦아들어 갔고 땅은 구름인지 흙인
지 분간이 안 갈 정도였다. 안개는 계룡산 골짜기 골짜기를 휘
저어 놓았고 산의 가장 깊은 곳에 자리한 형제동굴, 그곳에도
가마솥 굴뚝에서 피어나는 것 같은 안개가 수북이 내려앉았다.

"무슨 이런 안개가 다 있냐. 앞이 보이지도 않네."

"……."

합, 체의 냉전은 여전히 계속되었다. 합은 아침 수련이 끝나
자 잡고 있던 체의 손을 확 밀치고 동굴 안으로 들어가 버렸다.
체는 체대로 등 뒤에서 투덜댔다. 쫌생이 같은 자식. 그나마 수
련을 계속 같이 해 주는 것만으로도 고마워해야 했다.

오후 네 시 정각. 해가 나도 안개는 사그라질 기미가 보이지
않았고 희뿌연 불청객은 동굴 안으로까지 스멀스멀 기어들어왔
다. 합, 체는 안개에 휩싸여 라디오를 듣고 있었다. 아무리 냉전
중이지만 하루의 피로회복제인 라디오를 포기할 수는 없었다.

등 돌려 앉은 합, 체 사이로 디제이의 목소리가 흘러나왔다.

주변에서 일어나는 여러 재미난 이야기를 소개해 드리는 앗, 세상에 이런 일도 시간이 돌아왔습니다. 오늘 사연은 서울특별시 구로구 궁동의 김양수 님이 보내 주셨는데요, 안녕하세요, 지니 씨, 저는 구로구 궁동 지구대에서 근무하고 있는 김양수 순경입니다.

"어, 우리 동네네."

체가 라디오를 올려다보며 말했다. 하지만 합이 아무 대꾸도 하지 않은 탓에 혼잣말이 돼 버렸다.

항상 다른 사람들 이야기를 듣기만 했던 제가 이렇게 직접 사연을 보내게 된 이유는 얼마 전에 일어난 황당한 사건 때문입니다. 한 두 시 정도 됐을까요? 아주머니 한 분이 몹시 화가 나서 저희 지구대로 뛰어 들어오셨습니다. 말을 들으니 어떤 노인한테 돈을 뺏길 뻔하고 성추행까지 당했다고 하더군요. 저희는 그 말을 토대로 당장 그 영감님이 살고 있다는 산으로 출동했습니다. 그랬더니 그 아주머니 말대로 기이하게 생긴 영감님이 바위에 앉아 있는 게 아니겠습니까. 저희가 이러이러한 신고를 받아 조사를 해야겠으니 같이 지구대로 가 달라고 하자 영감님은 눈도 뜨지 않고 저희에게 꺼져라, 하시더군요. 산에 함부로 구조물을 짓는 건 불법이라고 했더니 온 천지가 자신의 것인데 누구 허락을 받아야 하느냐는 궤변까지 늘어놓았습니다. 더 상대해 봤자 말이 통할 것 같지 않아 우선 불법으로 설치한 천막을 철거한 후 약간의 완력을 써서 영감님을 지구대까지 모셔 왔습니다. 나이 든 양반이 어찌나 힘이 세신지 힘깨나 쓴다는 저희 두 명이 쩔쩔맸을 정도입니다.

먼저 신상 조사를 해야 해서 나이와 이름, 주민등록번호를 여쭤 봤는데 아무것도 기억을 못하시는 겁니다. 아니, 정확히 말하면 기억을 못하는 게 아니라 그런 게 없다고 말하는 것입니다. 세상에 이름 없는 사람도 있느냐고 따져 물었더니 정 부르고 싶으면 계도사라고 불러 달라고 하더군요. 그러면서 나이는 계룡산 나이로 따져 오백 년인지, 오천 년인지라고 하더라구요. 그러잖아도 해야 할 일이 산더미인데 그런 말장난까지 듣고 있자니 좀 짜증이 났습니다. 그래서 혹시나 해서 실종자 신고부터 확인해 봤는데, 진짜로 실종 신고가 들어온 영감님이지 뭡니까.

그날 저녁, 충북에 사신다는 영감님 며느리분이 부리나케 서울까지 올라오셨습니다. 그 며느리분 설명은 이렇습니다. 영감님이 어느 날 갑자기 집을 나가 방방곡곡 산이란 산은 다 돌아다니면서 도를 깨우친 도사 노릇을 하고 있다는 겁니다. 특히 계룡산에서 도를 닦았다 해서 계도사라고 자처한다는데요, 그다음이 가장 황당한 부분입니다. 영감님은 조금이라도 못마땅한 사람을 만나면 다 계룡산 구덩이로 집어넣으려는 버릇이 있다고 합니다. 어쩌다 부부싸움을 하면 아들이고 며느리고 할 것 없이 다 계룡산으로 보내 버리려고 하고 손주들이

밖에서 말썽을 피우고 와도 계룡산으로 보내 버리려고 하고 티브이를 보다가도 마음에 안 차는 사람이 있으면 저놈도 계룡산 동굴에서 33일만 있다 나오면 정신을 차릴 텐데, 하면서 고래고래 소리를 지르신다고 하네요. 왜 하필 계룡산이냐고 물었더니 며느리분 말씀이, 영감님이 젊을 때 원인 모를 병에 걸려서 사람들한테 배척을 받았다고 해요. 어떻게 해도 고칠 방도가 없자 영감님은 가족들에게 폐를 끼치고 싶지 않아 몰래 계룡산으로 들어갔다고 합니다. 거기서 혼자 죽음을 맞을 생각이었던 거죠. 그런데 계룡산에 들어간 지 한 달 정도 지났을까, 영감님이 팔팔하게 되살아나서 집으로 돌아왔다고 합니다. 아마 그때부터 계룡산에 대한 영감님의 맹종이 생긴 게 아닌가 싶다고 하더군요.

아버님이 치매 증상이 있으셔서 그런 거니 제발 좀 선처해 달라면서 며느리분이 그 아주머니께 무릎까지 꿇고 비셨습니다. 그런데도 영감님은 자신은 잘못이 하나도 없다고 큰소리를 떵떵 치셔서 며느리분이 얼마나 애를 태우셨는지 모릅니다. 저희가 치매 걸린 할아버지까지 처벌해야겠느냐며 겨우 겨우 설득을 해서 그 아주머니도 이번만 참고 넘어가겠다고 해 일이 잘 마무리되었습니다. 저희가 배웅을 하면서 다시는 이 먼 데까지 와서 엉뚱한 일을 벌이지 말아 달라고 했더니 그 영감님이 오히려 큰소리를 떵떵 치면서 그러시는 겁니다, 자기가 이번에도 계룡산 동굴로 보낸 아이들이 있는데 두고 보라고요.

지니 씨, 시민들의 안전을 지키는 경찰관으로서 한마디 해도 될까요? 청소년 여러분, 학창 시절의 여름방학은 여러 모로 인생에서 가장 유혹이 큰 시기입니다. 치매 걸린 영감님 말을 믿고 설마 진짜 계룡산으로 간 사람이 있는 건 아니겠죠? 계룡산뿐만이 아닙니다. 지금 이 시간에 바다에서, 길 위에서 방황하고 있는 청소년 여러분, 걱정하고 있을 가족들을 생각해서라도 하루빨리 집으로 돌아가길 바랍니다.

와, 정말 특이한 사연이네요. 못마땅한 사람들은 다 계룡산으로 보내 버린다니, 생쌀을 압력솥에 넣으면 밥이 되어서 나오는 이치와 같은 건가요? 하하. 저도 언제 한번 들어갔다 나와야겠네요. 사연 보내 주신 김양수 순경님 정말 감사드리고요. 그럼 신청하신 곡 띄워 드리겠습니다. 서태지와 아이들의 컴 백 홈.

난 지금 무엇을 찾으려고 애를 쓰는 걸까, 난 지금 어디로 쉬지 않고 흘러가는가. 난 내 삶의 끝을 본 적이 있어. 내 가슴속은 갑갑해졌어…….

빠른 노랫소리가 동굴 안을 메아리치며 가득 울려 퍼졌다. 합이 사흘 만에 먼저 입을 열었다.

"뭐지?"

"……."

"이거 우리 얘기 맞지?"

194

"……."

"야, 금방 그랬지? 이 할아버지가 치매 증상이라고. 어떤 아
줌마 성추행하려고 했고, 또, 뭐냐, 돈도 뜯으려 했다고. 니가
만난 그 계도산지 뭔지 그 사람이 이 할아버지 맞지?"

"……."

"오체, 말 좀 해 봐."

체는 자리에서 벌떡 일어나 동굴을 뛰쳐나가 버렸다.

20

✩ ☆ ✄

"으아아아아아악."

체가 구덩이를 나간 지 얼마 후, 별안간 짐승이 포효하는 듯한 소리가 계룡산에 울려 퍼졌다. 멍하니 앉아 라디오만 쳐다보고 있던 합은 깜짝 놀라 얼른 구덩이를 올라갔다. 급한 마음에 한 번도 떨어진 적 없는 구덩이 벽에서 자꾸 발이 미끄러졌다. 형제동굴에서 지낸 지 24일이 됐지만 지금껏 단 한 번도 야생 맹수를 본 적도, 마주친 적도 없었다. 그러나 이 절박한 소리는 굶주린 맹수의 포효이거나, 아니면 맹수에게 잡아먹히기 직전인 사람의 비명이 분명했다. 그렇다면 체가? 합의 느린 발이 들풀을 베어 버릴 정도로 빨라졌다.

곰일까, 늑대일까, 호랑일까. 그런데 호랑이는 멸종한 거 아니었나. 곰하고 마주쳤을 때 죽은 척하면 살 수 있다는 게 정말

196

일까? 체도 그 정도는 알고 있겠지. 그런데 그게 정말이 아니면 어떡하지.

합은 별의별 생각을 다 하며 괴성이 들리는 곳으로 뛰어갔다. 허리까지 솟아오른 풀들을 헤치고 나가니 떡갈나무 앞에 서 있는 체가 보였다. 곰도, 늑대도, 호랑이도 없었다. 체 혼자였다. 그제야 마음을 놓은 합은 헐떡거리는 숨을 고른 후 체에게 알은체를 하려 했다. 그런데 갑자기 체가 나무 기둥에 이마를 찧으며 소리를 질러 댔다.

"으아아아아악, 쿵쿵쿵, 으으아아아악, 으아아아아악악."

굶주린 짐승의 포효도, 맹수에게 잡힌 사람의 비명도 모두 체의 입에서 한꺼번에 터져 나오고 있었다. 합은 그 괴이한 광경에 가까이 다가갈 엄두가 나지 않아 멀찌감치 뒤에 선 채로 말을 걸었다.

"야, 야, 너 왜 그래. 뭐 하는 거야?"

"으아아아아악, 으아아아아아악, 으아아아아악, 쿵쿵쿵쿵."

체는 대답 없이 더 크게 울부짖고 더 세게 머리를 찧어 댔다.

"야, 그만해. 피 나잖아. 미쳤어?"

체는 정말 정신 나간 사람처럼 주먹으로, 발로 나무 기둥을 사정없이 퍽퍽 쳐 댔다. 그럴수록 괴성은 더 커져 갔다.

"으아아아악, 으아아아아아악."

"오체, 너 진짜 뭐 하는 거야. 그만 안 해?"

합이 버럭 소리를 지른 뒤에야 체의 비명이 한순간에 뚝 멈쳤다. 볼일을 다 본 맹수가 등을 돌리고 유유히 걸어갈 때처럼, 산에 다시 고요가 찾아왔다.

"괜찮아? 너 뭐 한 거야?"

체는 나무를 부둥켜안은 채 짧게 대답했다.

"정신 좀 차렸어."

"뭐?"

합의 말에 대꾸는 했지만 체의 두 눈은 아무것도 보지 않고 있는지 초점이 맞지 않았다.

"그동안 제정신이 아니었잖아. 그래서 정신 좀 차리느라고."

체는 무뚝뚝하게 그 말만 내뱉더니 쓰러진 풀들을 밟고 구덩이가 있는 쪽으로 걸어갔다. 합도 체의 뒤를 따라 다시 구덩이로 내려갔다. 동굴로 돌아온 체는 이렇다 저렇다 설명도 없이 여기저기 널려 있는 짐들을 챙기기 시작했다.

"뭐 하는 거야?"

"뭐긴 뭐야, 짐 싸는 거지. 너도 얼른 싸."

"뭐? 왜?"

"집에 가야지."

"집에? 왜?"

"왜긴 왜야, 그러면 평생 이 동굴에 처박혀서 살 생각이었냐?"

"하지만, 오늘이 24일째니까…… 아직 열흘이나 남았잖아."

체는 동굴 입구에서 굴러다니던 농구공을 챙기며 말했다.

"그 열흘…… 그날까지 다 채우면 난 진짜 정신병자인 거야."

"야, 넌 무슨 말을 그렇게……."

"너도 그러고 서 있지 말고 빨리 싸. 얼른 내려가야 밤기차라도 타지."

"진심이야?"

"응."

"지금 내려가도 후회 안 할 자신 있어?"

"응."

"진짜?"

정신없이 움직이던 체가 갑자기 손을 뚝 멈추더니 비웃는 얼굴로 합에게 되물었다.

"너 되게 웃긴다. 왜 이제 와서 아쉬운 척하고 그래?"

"뭐?"

"넌 애초에 믿지도 않았잖아."

"……."

"넌 처음부터 이 수련이 성공할 거라고 믿지도 않았어. 맞지?"

"……."

합은 계속 대답이 없었다. 체가 한 번 더 물었다.

"맞지?"

"솔직히 말해?"

체가 고개를 끄덕였다. 합은 머뭇거리며 말했다.

"솔직히 말하면…… 솔직히 그게 말이 되냐? 여기서 33일 수련을 한다고 키가 큰다는 게. 그렇게 치면 세상에 키 작은 사람 하나도 없게."

체는 눈을 한 번 꾹 감았다 천천히 뜨면서 물었다.

"근데 왜 같이 왔어?"

"……"

"그렇게 믿지도 않으면서 왜 나랑 같이 와서 수련까지 했냐니까. 믿지도 않으면서 믿는 척까지 하면서."

체가 소리를 내지르자 합이 들릴 듯 말 듯 작은 목소리로 대답했다.

"우린 합체잖아."

"……"

이번에는 체가 말이 없어졌다.

"그 할아버지 말대로 우린 합체니까, 니가 간다는데…… 그래도 내가 형인데 동생을 혼자 보낼 순 없잖아."

체는 다시 짐을 챙기면서 혼잣말을 했다.

"눈물 나네."

"……"

놓고 가는 게 없나 동굴을 살피던 체는 체 게바라 사진 앞에서 우뚝 멈추어 섰다. 잠깐 동안 체 게바라 얼굴을 바라보던 체는 사진을 확 뜯어내 아무렇게나 가방에 구겨 넣었다. 그 위로 알람시계를 넣고, 바닥에 쌓아 두었던 옷들을 집어넣으면서 바쁘게 손을 움직였다. 그러다 한순간, 체의 손이 갑자기 우뚝 멈추었다.

흑, 흑흑.

"야, 너 울어?"

"울긴 누가 울어."

체는 합에게서 돌아앉아 짐들을 꾹꾹 눌러 담았다.

"야, 뭐 이런 일로 울기까지 하냐. 그냥 좋은 경험 했다고 생각하면 되잖아. 어쨌든 캠핑 온 것처럼 재미있기도 했고. 이젠 대학 가기 전까진 여행 갈 시간도 없을 테니까 우리 둘이서 마지막 피서를 온 거라고 생각하면······."

그 순간, 체가 갑자기 들고 있던 가방을 벽으로 확 내던졌다. 애써 싼 짐들이 체의 주위로 와르르 쏟아져 내렸다. 체는 고개를 푹 숙인 채 중얼거렸다.

"캠핑? 재미? 너한텐 고작 그런 거였냐? 니 말대로 난 머리가 진짜 나쁜가 봐. 난 정말 믿었어. 정말 키가 클 거라고, 정말 혁명이 일어날 거라고 진심으로 믿었다고······."

체는 진짜로 울어 버렸다.

21

바야흐로 여름의 끝. 막바지 늦더위가 기승을 부리자 뒷산을 찾는 사람들의 수가 부쩍 늘어났다. 약수터 평상을 툇마루처럼 차지하고 앉아 온종일 장군이요, 멍군이요를 외치는 노인들, 그 무리를 기웃거리며 훈수 둘 틈을 찾는 중년 남성, 위험한 줄도 모르고 울퉁불퉁 산길에서 롤러 스케이트를 타는 아이들과 양손에 물통 하나씩을 들고 긴 줄을 기다리며 수다를 떠는 여자들까지. 사람들이 많이 모이는 곳엔 어디나 그렇듯 약수터에도 시시한 시비가 여름 내 따라다녔다.

우유 통, 간장 통, 고추장 통, 집에 있는 빈 통이란 통은 다들고 와 한 시간이 넘도록 혼자만 물을 받는 사람, 주인은 없고물통만 덩그러니 놓여 있기에 앞자리를 차지하면 어디서 나타났는지 득달같이 쫓아와 왜 자기 물통을 뒤로 밀치느냐고 따

지는 사람, 공용 바가지에 입을 대고 마시지 말라는 말에 내가
전염병이라도 걸렸다는 거요, 라며 울컥 화를 내고 덤벼드는
사람까지. 그런 사소한 다툼이 계속되자 서쪽 약수터에는 언
제부터인가 이런 현수막이 내걸렸다.

- 한 사람 앞에 물통은 최대한 두 개, 그 이상을 받으려면 다시
  맨 뒤로 돌아가야 함.
- 사람 없이 물통만 오래 대기해 놓을 경우, 뒷사람이 먼저 물
  을 받을 수 있음.
- 서로의 위생을 위해 바가지에는 입을 대지 않고 마실 것을
  권장함.
       — 깨끗하고 질서 정연한 약수터를 위해 모두가 노력합시다 —

어느 날, 약수 받을 순서를 기다리던 여자가 일행에게 하소
연을 했다.

"이게 다 약수터가 한 곳밖에 없어서 생기는 말썽이잖아요.
세 동네 사람들이 한꺼번에 몰려드는데 난리가 안 날 수 있겠
어요. 어떻게 이 넓고 넓은 산에 약수터가 딱 한 곳뿐인지."

"그러게요. 이제는 그냥 생수를 사 먹든지, 아니면 보리차라
도 끓여 먹어야겠어요. 아침마다 여기까지 와서 기다리고, 또
무거운 물통 들고 집까지 가려면 두 시간은 더 걸리는 것 같아
요."

그때, 뒤에서 둘의 대화를 듣고 있던 여자가 끼어들었다.

"어디들 사시는데 여기까지 두 시간이나 걸려요?"

"저희요? 저희는 저쪽 터널 너머 동네에 살아요."

"아이고, 그럼 거기서 여기까지 만날 오시는 거예요?"

"누군 오고 싶어서 오나요. 약수터가 여기밖에 없는데 어쩌겠어요."

"아, 왜 약수터가 여기밖에 없어요? 여기 말고 그 터널 근처에 북쪽으로 올라가면 약수터 하나 더 있잖아요."

"아, 북쪽 약수터요? 거기 약수터는 폐쇄된 지 한참 됐어요. 물이 말라서 안 나온 지가 언젠데요."

"이거, 이거, 이거, 소식이 늦어도 한참이 늦네. 얼마 전부터 그 약수터에서 다시 물이 나오기 시작한 거 모르셨어요? 제 친구도 이제껏 여기로 다니다가 이제는 그쪽이 훨씬 가깝다고 그리로 다녀요."

여자의 눈이 휘둥그레졌다.

"다시 물이 나온다고요? 어떻게요?"

"글쎄, 내가 그거까진 모르겠고, 아무튼 어느 날 물소리가 들려서 가 보니까 물이 콸콸 넘치고 있었다고 하던데요."

"어머, 정말요?"

"그럼 정말이고말고요. 내가 뭣하러 허튼소리를 하고 다니겠어요."

옆에서 듣고 있던 여자가 또 끼어들었다.

"약수가 아니라 이상한 물 아니에요? 바짝 말라붙었던 물이 어떻게 다시 나온다고……."

"이상한 물은요, 거기 물맛 본 사람들은 다 좋다고 오히려 다른 사람들한테 소문이나 내지 말라고 하던데요."

"그래요? 그럼 이제 우리도 그쪽으로 다녀야겠네."

"진짜 그래야겠네. 그런데 참 신기한 일도 다 있네요. 말라붙은 물이 다시 나오다니 우리 동네에 무슨 좋은 일이 생기려고 그러나."

"그러게요, 어디 재개발이라도 되려는지. 무슨 소식 들은 거 없어요?"

22

"합은 아무 잘못 없어. 앤 안 가겠다고 했는데 내가 억지로 끌고 갔어."

"입 다물어."

그러고도 삼십 분이 더 지났다. 무릎은 끊어질 것 같고 쥐가 난 다리는 경련이 일어날 것처럼 바들바들 떨리기 시작했다. 엄마가 안 보는 사이 발목을 비스듬히 젖혀 다리를 풀려던 체는 희번덕이는 눈과 마주치고는 얼른 다시 무릎을 꿇었다.

"그런 거 아니야. 체는 혼자 가겠다고 했는데 내가 재미있을 것 같아서 데려가 달라고 했어."

"입 다물라고 했지."

썰렁한 공기 속으로 눈치 없는 파리 한 마리가 날아들었다.

합, 체가 집에 도착한 시간은 여덟 시 반이 막 지나면서, 골

목에 오렌지색 가로등 불이 하나둘 켜지던 때였다. 24일 만에 계룡산을 나와 속세로 돌아온 합, 체는 둘 다 몰골이 말이 아니었다. 기름기에 절어 덕지덕지 갈라진 머리카락, 팔꿈치와 무릎에는 굳은살이 된 허연 때가 박여 있고 운동화는 진흙탕에서 막 건져 올린 것 같았다. 그래도 합, 체는 엄마와의 극적인 상봉을 그리며, 벅찬 마음으로 대문 앞에 섰다. 비단옷을 입고 돌아온 금의환향은 아니지만 패잔병을 향한 동정어린 위로 정도는 받을 수 있을 것 같았다.

딩동.

엄마와의 재회를 마친 다음에는 하얀 거품을 잔뜩 내서 샤워도 하고, 꽃향기 나는 샴푸로 머리도 박박 감고, 시리고 딱딱한 동굴 바닥이 아닌 푹신푹신한 이불 더미 속으로 뛰어들고 싶었다.

꼬르륵.

그러나 제일 간절한 건 역시 밥이었다. 엄마가 차려 주는 따뜻한 밥상이 눈앞에서 신기루처럼 아른아른거렸다.

"못 들었나?"

한참을 기다려도 문 열어 주는 소리가 나지 않자 합이 벨을 더 길게 눌러 보았다.

디잉~동.

동굴에서 먹은 인스턴트 음식들은 이젠 쳐다보기도 싫었다. 매콤한 국, 캔에 든 고기가 아닌 진짜 고기, 아삭아삭한

채소, 시원하고 달달한 수박은 통째로라도 들이킬 수 있을 것 같았다.

"왜 이렇게 안 열어 주지?"

합, 체가 머릿속에 띄워진 수박을 한 조각, 두 조각, 세 조각…… 결국 한 통을 다 먹어 해치운 뒤에도 안에서는 어떤 인기척도 들리지 않았다. 둘은 이상한 마음에 고개를 갸웃거렸다. 밤 여덟 시 오십 분. 엄마가 집에 있을 시간이고 이렇게 이른 시간에 잠이 들었을 리도 없었다. 평소와 다르게 커튼이 쳐지긴 했지만 거실 불도 환하게 켜져 있었다.

딩동, 딩동, 딩동, 딩동, 딩동, 딩동, 딩동.

합, 체는 초인종이 부서져라 누르다가, 탕 탕 탕 탕.

"엄마, 엄마."

주먹으로 쇠문을 요란스럽게 두드려도 보았다. 그래도 문은 열리지 않았다.

벨을 열 번, 스무 번, 서른 번 누르고, 대문을 발로 뻥뻥 걸어차고, 그러다가 어느 담 너머에서 "거, 조용히 좀 합시다. 세상 혼자 사나"라는 고함을 들은 후에야 합, 체는 엄마가 일부러 문을 열어 주지 않는다는 것을 깨달았다. 커튼 뒤로 비치는 그림자, 거실 이쪽 저쪽을 왔다 갔다 하는 것은 분명 엄마였다.

"내가 이럴 줄 알았어. 잔치는 무슨, 쫓겨나지만 않아도 다행일 것 같더니만."

"……"

합, 체는 대문 앞에 내놓은 쓰레기봉지 옆에 털썩 주저앉았다. 하늘을 보니 그냥 까맣기만 한 게 별다운 별은 하나도 없었다. 별들이 쏟아질 듯 반짝이던 계룡산 밤하늘과는 달라도 너무 달랐다.

끼이익.

문이 열린 건 열 시가 다 되어서였다. 대문 앞에 쪼그려 앉아 있던 합, 체는 슬며시 열리는 문 소리에 얼른 뒤를 돌아보았다. 엄마였다. 그러나 엄마는 문만 빼꼼히 열어 둘 뿐, 거의 한 달 만에 만난 아들들에겐 눈길 한 번 주지 않고 방으로 쌩하니 들어가 버렸다. 합, 체는 안방으로 엄마를 따라 들어가 무작정 무릎부터 꿇었다.

"죄송해요. 정말 잘못했어요."

"시끄러."

그러나 엄마는 합, 체에게서 등을 돌리고 앉아 둘이 무슨 말이라도 할라치면 작두 치듯 뚝, 뚝 잘라 버리는 것이었다.

벽시계의 초침이 점점 크게 울렸다. 어느덧 열 시 오십오 분.

"죄송하다, 잘못했다, 그런 말 듣자는 게 아니잖아. 지금까지 어디서 뭘 하고 왔는지, 그걸 말해 보라니까. 왜 속 시원하게 말을 못해."

체는 고개를 푹 숙이며 대답했다.

"그건 말 못해."

엄마는 합에게 시선을 돌리며 물었다.

"그럼, 합 니가 말해 봐."

합은 체보다 고개를 더 푹 숙이며 말했다.

"체가 얘기 못하면…… 나도 못해."

엄마가 속이 터지는지 방바닥을 두드리며 소리를 질렀다.

"합, 체, 너희 둘이 진짜 이름값 하는 거야? 한 명이 옆길로 새면 다른 녀석이 옆에서 붙들어 줘야지, 뭐가 좋다고 같이 집을 나가서 뭘 하고 왔는지 말도 못하겠대? 그동안 엄마가 얼마나 가슴을 졸였는지 알기나 해? 경찰서에는 안 간 줄 알아? 근데 니들이 남긴 그 편지도 아닌 편지 때문에 단순 가출이라면서 실종 신고도 안 받아 주더라."

합, 체는 더 숙일 데도 없는 고개를 오그라질 듯 푹 숙였다. 이젠 아예 머리를 박고 엎드린 꼴이나 마찬가지였다.

"이놈들, 돌아오기만 해 봐라, 내가 문이나 열어 주나, 그랬는데 니들이 약속한 대로 방학이 끝나기 전에 무사히 돌아오긴 해서 그거 하나 보고 집에 들인 줄 알아."

"……."

"그래서, 지금까지 어디서 뭘 했는지는 끝끝내 말 안 하시겠다?"

합, 체는 대답하는 것도 면목 없어 대신 고개만 끄덕거렸다. 엄마는 열이 나는지 회전하고 있던 선풍기를 얼굴 앞으로 고정해 바람을 쐬었다. 그러더니 알았다는 듯 한숨을 내쉬며 말을 이었다.

"좋아. 그건 합, 체 너희 둘 일이니까 엄마도 더는 묻지 않는 다. 어쨌거나 둘 다 다치지 않고 왔으니까 너희 둘 일은 니들이 알아서 해. 그건 됐고, 그럼 어디 그거나 한번 보여줘 봐."

합, 체는 엄마가 하는 말이 무슨 뜻인지를 몰라 서로 얼굴만 힐끔거렸다.

"뭐 해? 빨리 보여줘 봐."

합이 조심스럽게 엄마의 눈치를 보며 물었다.

"……무얼?"

"뭘 이제 와서 모른 척을 해? 니들이 그렇게 써 놓고 갔잖 아. 돌아올 때는 엄말 깜짝 놀라게 할 모습으로 돌아오겠다고. 기대하고 있으라고 했던 거 기억 안 나? 자, 도대체 뭐가 어떻 게 깜짝 놀랄 모습인지 어디 한번 보여 줘 봐."

"……."

"뭐 하고 있어? 빨리 보여 달라니까."

합은 어떡해야 할지 몰라 팔꿈치로 체의 옆구리를 쿡 찔렀 다. 체는 고개 숙인 자세로 미동도 하지 않았다.

"왜 둘 다 아무 말이 없어. 그렇게 큰소리를 치고 나가더니 아무것도 없이 빈손으로 돌아온 거야?"

체가 계속 아무 말도 못하자 합이 어영부영 입을 열었다.

"엄마, 그게…… 지금 당장은 안 되고 조금만 더 기다려 주 면…… 내가 이번 중간고사에서는 꼭 일등을……."

엄마가 합의 말꼬리를 자르며 목소리를 높였다.

"그 얘기가 지금 왜 나와? 엄마가 너희 성적 가지고 이러는 거야? 괜히 이상한 데로 말 돌리지 말고 확실하게……."

"실패했어."

체의 짧은 한마디에 엄마는 목소리를 낮추어 다시 물었다.

"실패? 뭐가?"

체는 손가락으로 방바닥에 무언가를 그려 가며 고개를 흔들었다.

"그냥…… 모든 게…… 가기 전에는 정말 자신만만해서 집으로 돌아올 땐 엄마가 깜짝 놀랄 정도로 변해서 올 생각이었는데…… 결국은 다 실패해 버렸어. 이렇게까지 뭔가를 열심히 해 본 건 처음이었는데…… 근데도 하나도 변한 게 없어. 가지 말걸, 합이 하는 말 들을 걸 괜히 고집 피워서 애까지 고생시키고…… 다 나 때문이야. 아무리 노력해도 안 되는 건 안 되는 건데."

털털거리는 선풍기 날개 소리가 요란하게 들려왔다. 밤이 되어도 더위는 물러날 생각을 하지 않았다. 합, 체는 그러잖아도 더운 날씨에 긴장까지 하느라 모래알만 한 땀을 뻘뻘 흘리고 있었다. 엄마는 정지해 있던 선풍기를 합, 체 쪽으로 돌려주었다. 체의 턱 끝에 맺혀 있던, 땀인지 뭔지 모를 물방울들이 바람을 맞고 바닥으로 툭, 툭 떨어졌다.

열두 시를 향해 달리는 초침, 열이 오를 대로 오른 선풍기, 인공 소리로 가득 찬 방 안 정적을 엄마가 가뿐한 목소리로 깨뜨리며 자리에서 일어났다.

"배고프지? 밥이나 먹자."

23

개학식 날. 체는 교실 창문에 기대어 교정을 바라보고 있었다. 습기를 품은 바람이 텁텁하게 불어왔다. 오동나무 넝쿨 아래에서는 목에 수건을 두른 수위가 빗자루질을 하고 있었다. 마침 1학년 부장 선생이 걸어오는 것을 보고 수위가 밝게 인사를 건넸다.

"좋은 아침입니다. 애들이 오니까 이제야 학교가 사는 것 같네요."

부장 선생이 가벼운 눈인사만 하고 지나가자 수위가 뒤돌아서 투덜거렸다.

"어린놈이 목에 깁스라도 했나, 지는 선생이고 나는 수위라 이거야?"

수위는 잠시 비질을 멈추고 이마에 송골송골 맺힌 땀을 수건으로 훔쳐 냈다. 체도 목덜미에 흐르는 땀을 팔뚝으로 닦아 바지에 문질렀다. 등 뒤에서 시끄럽게 웅성대는 소리가 들렸다. 사십 일 만에 만난 아이들이 방학 동안의 무용담을 장황하게 늘어놓는 중이었다.

"난 이번에 선진여고 애들이랑 쪼인해서 수영장 갔다 왔다."

"애들 이쁘던?"

"뭐, 그냥 그렇던데."

"이 새끼 재기는. 니 수준에 여자애들이 만나 주는 것만 해도 감지덕지지."

"아 씨, 내가 학교에서는 좀 구리게 하고 다녀도 밖에서 머리 좀 세우고 그러면 간지 난다고. 그러는 넌 뭐 했는데?"

"나? 나는 한국에 안 있었지. 요즘 누가 방학을 한국에서 보내냐? 구리게. 나는 미국에 좀 갔다 왔다."

"구라 까네."

"진짜야, 새꺄. 사진 볼래?"

책상 위에 몇 장의 사진이 쭉 늘어뜨려졌다.

"어우, 진짜네. 좋았겠다."

"그럼 좋지. 여자애들 물이 달라, 물이. 아주 그냥 다 쭉쭉빵빵이더라."

"구라 까네. 미국 애들보다 우리나라 여자애들이 훨씬 이쁘대더라. 거긴 순 뚱땡이밖에 없다던데."

"웃기네. 가 보지도 않았으면서 니가 어떻게 알아. 니가 금발의 미소녀를 본 적이나 있냐?"

금발의 미소녀에서 시작된 대화는 어느 나라에 미소녀가 더 많으냐로 옮겨 가 "일본에 많다", "아니다, 진짜 이쁜 애들은 유럽에 다 있다"로 충돌하더니 "그래도 진짜 미녀들은 남미 애들 아니냐", "하긴, 브라질 여자들이 끝장나긴 하더라"로 합의를 이루었다. 더 나아가 미녀들의 분포도에 대한 논쟁은 왜 서양 여자애들이 쭉쭉빵빵인지에 대한 고찰로 이어졌는데 "거기가 낙농업 국가 아니냐. 치즈를 먹어야 해, 치즈를"에서 시작해 "그렇게 느끼한 거만 먹으니깐 살이 뒤룩뒤룩 찌지"라는 반론, "새끼야, 살은 나중에 빼면 되니까 일단 키부터 늘여 놔야 할 거 아냐"로 격화된 후 "키 늘이기 전에 성인병으로 돌아가시겠다"라는 비아냥으로 끝나는가 싶더니 "촌스런 자식, 너같이 치즈도 먹을 줄 모르는 놈은 우물 안 개구리처럼 평생 한국에서만 살다가 죽을 거다"라는 저주로 종결됐다. 아직 비행기를 한 번도 타 본 적 없는, 미국은 고사하고 제주도에도 가 본 적 없는 녀석은 "미국 한 번 가 봤다고 양키새끼 다 됐네"라고 씩씩대며 자리를 떠 버렸다. 둘의 대화를 듣고 있던 체는 창문에 기댄 채 짧은 생각에 잠겼다.

계룡산에서 엉터리 수련을 할 게 아니라 치즈를 왕창 먹을 걸 그랬나.

운동장에는 느지막이 교문을 들어서는 아이들이 긴 행렬을 이루고 있었다. 체육 선생은 교문 앞에 장승같이 서서 방학 동안 머리를 기르거나, 염색하거나, 파마한 아이들을 잡아내느라 혈안이었다.

후우우우.

체는 쇳덩어리처럼 무거운 한숨을 내뱉었다. 저 교문을 다시 들어설 땐 모든 게 변해 있을 줄 알았다. 전교생의 시선을 한 몸에 받으면서 교실로 들어와, 예전에 앉았던 첫째 줄을 지나 보란 듯이 맨 뒷자리 책상에 가방을 턱 올려놓은 뒤, 키가 그렇게 큰 비법이 뭐냐며 벌떼처럼 달려드는 녀석들에게 별거 없어, 클 때 되니까 자연스럽게 크더라고, 하며 가벼운 미소를 지어 주고, 여유롭게 구병진에게 다가가 눈을 지그시 깔고 내려다봐 주는 일. 복도에 발을 내딛기만 해도 모세의 기적처럼 양편으로 쩍 갈라지는 아이들. 바짓가랑이를 잡고 제발 비기를 알려 달라며 눈물로 애원하는 아이들에게 절대로 그냥 알려 줄 수는 없었다. 뱀독까지 빼면서 알아낸 비기를 공짜로? 그러나 이용식에게만은 슬쩍 말해 줄 용의도 있었다. 이용식은 반에서 세 번째로 작으니까.

그러나 변한 건 아무것도 없었다. 교복은 예전 길이 그대로였고 자리도 언제나 그렇듯 2분단 첫째 줄이었으며 여유롭게 내려다볼 사람도 한 명 없었다. 구병진은, 왁스로 앞머리를 높이 세운 구병진은 그 덕에 키가 3센티미터는 더 커 보였다. 체는 교실 뒤에서 자기 무리와 키득거리고 있는 구병진을 힐끔 보았다. 잠깐 사이 둘의 눈이 마주쳤다.

뭘 봐 새꺄.

구병진이 소리 없이 입 모양으로 그렇게 말했다. 체가 아무 반응 없이 계속 쳐다보고만 있자 구병진이 피식 웃으며 더 또렷한 입 모양을 만들었다.

난, 쟁, 이.

체는 구병진에게서 고개를 돌려 다시 창밖을 바라보았다. 체육 선생이 머리를 금발로 염색한 남자애의 귀를 잡고 교무실로 끌고 가고 있었다.

"오체, 넌 방학 동안 뭐 했냐?"

누군가 체에게 어깨동무를 하며 말을 걸었다. 뒤를 돌아보니 아까 미국 여행을 자랑하던 상진이었다. 체는 대답 없이 계속 창밖만 바라보았다.

"야, 안 들려? 방학 동안 뭐 했냐니까."

"그냥."

"그냥 뭐?"

"아무것도 안 했어."

"방콕했냐?"

"응."

"어우, 졸라 시시하네. 난 죽어도 방에는 못 있겠던데. 아, 근데 너도 들었냐? 나 방학 동안 미국 갔다 온 거. 넌 아직 미국에 한 번도 가 본 적 없지? 거기는 슈퍼만 가도 할리우드 스타들이 쫙 깔려 있는데……."

218

체는 길게 늘어지는 상진의 말을 한쪽 귀로 흘리며 피식 웃었다.

그래, 졸라 시시한 방학이었다.

"입 다물고 다 복도로 집합. 방학 동안 키 큰 녀석들 좀 있지? 자리 다시 정할 거니까 키 순서대로 남자 여자 한 줄씩 선다."

키가 작다고 만날 앞에만 앉게 하는 건 진짜로 히틀러나 할 짓이야. 체는 버릇처럼 그렇게 투덜대며 합 뒤에 섰다. 합, 체의 키는 종이 한 장의 두께만큼도 차이 나지 않았지만 언제나 합이 앞이고 체가 뒤였다. 맨 뒷줄의 아이들 사이에선 내가 더 크니, 네가 더 크니, 너는 키가 큰 게 아니라 머리가 큰 거라느니, 실내화 속에 깔창을 깔았느니, 안 깔았느니, 깔았으면 깔창이 몇 센티미터니 하는 격렬한 토론이 벌어지고 있었다.

깔창을 깔려면 내가 깔아야지 왜 지네들이 깔아, 하여튼 있는 놈들이 더하다니깐. 체는 또 그렇게 투덜대며 앞쪽으로 걸어갔다.

"뭐야, 이젠 내가 가장 작잖아."

여자 줄 맨 앞에 선 사람은 윤아였다. 전에는 반에서 두 번째로 작았는데 방학 동안 첫 번째로 작던 여자애가 훌쩍 커 버렸다. 윤아의 푸념을 들은 체가 얼른 합의 허리를 쿡 찔렀다.

"왜?"

체는 검지를 뒤로 젖히며 자리를 바꾸자는 신호를 보냈다.

"웬일로?"

합은 잠깐 고개를 갸웃거리더니 곧 흐흐, 하며 능글맞은 웃음을 지었다.

"웃지 마."

체는 합의 발등을 꾹 밟으며 얼른 맨 앞자리에 가서 섰다. 친구들과 수다를 떨던 윤아가 곧 체를 발견하고는 말했다.

"어? 체 너도 맨 앞에 섰네?"

얼굴이 붉어진 체가 뒷머리를 긁적거리며 우물우물거렸다.

"어, 합이…… 합이 방학 동안 나보다 1센티미터나 더 커 버려서……."

합이 푸, 하고 바람 빠진 소리를 내자 체는 한 번 더 발등을 꾹 짓이겨 주었다. 반에서 가장 작은 남자, 그 불명예스러운 타이틀을 스스로 떠안게 될 줄이야.

24

푸르스름한 어둠이 깔린 새벽길.

야아옹.

쓰레기봉지를 헤집던 길고양이가 뭔가에 놀라 자동차 밑으로 날쌔게 몸을 숨겼다. 사람 발걸음 소리가 점점 가까워지고 있었다.

야아~옹.

겁을 먹은 고양이가 꼬리를 바짝 세우며 더 앙칼지게 울어댔다.

헛 둘, 헛 둘.

합은 고양이의 도발에 호응하듯 구령까지 붙여 가며 어둠침침한 새벽길을 뛰어갔다. 길은 뒷산으로 이어지고 있었다. 북쪽 약수터까지 달려온 합은 널찍한 공터에서 걸음을 멈추었다. 약수터 주변은 물을 받으러 온 사람들로 새벽녘이 무색하리만치 붐비고 있었다. 호흡이 어느 정도 정리되자 합은 익숙한 자세로 몸을 풀기 시작했다. 오른쪽 왼쪽으로 옆구리를 당겨 준 뒤 하늘 높이 다리를 번쩍번쩍 차 올리고, 고난이도의 물구나무 자세를 끝낸 다음엔 마지막으로 원을 그리며 발목 돌려주기. 다시 숨이 가빠지면서 발바닥에서부터 후끈후끈한 열이 올라왔다. 준비 운동을 끝낸 합은 공터에서 위로 난 비탈길을 올라 가장 평평한 바위에 자리를 잡았다. 그러고는 가부좌를 틀고 두 손을 무릎에 올려놓은 뒤 눈을 감았다.

"합, 합, 합."

합은 계룡산에서 했던 아침 수련을 그대로 따라하며 아랫배에 숨을 모았다가 내쉬고, 모았다가 내쉬기를 반복했다. 고요한 산속에 합, 합, 합 하는 소리만이 작은 울림을 만들어 냈다. 처음 며칠간은 지나가는 사람마다 말을 걸어 왔다. 이 꼭두새벽에 산에서 뭘 하느냐고 묻는 사람부터, 이름은 뭐고 어느 학교에 다니며 나이는 몇이냐, 그리고 합이 내는 구령 소리에 가만히 귀를 기울이더니 건강에 좋은 거면 나도 해야겠다, 하며 하, 하, 하 하고 어설프게 따라하는 할아버지까지. 그때마다 합은 아침 운동을 하는 거라고 간단하게 대답해 줬지만 꼬치꼬치 물어 오는 사람들을 일일이 상대하기란 여간 귀찮은 게 아니었다. 그러나 보름 정도 지나 알 만한 사람은 다 알게 되자 호기심에 차 다가오는 사람들도 점점 줄어들었고, 어느새 합에게는 초행의 누군가가 물어 오면 "있어요, 새벽마다 저 바위 위에서 운동하는 애, 집중해야 하니까 방해 마요"라며 앞장서 주는 대변인까지 생겼다. 합은 온갖 잡념들을 호흡에 실어 밖으로 내보내며 더 묵직하게 합, 합, 합, 소리를 냈다. 그때였다.

"체, 체, 체."

합은 감고 있던 눈을 얼른 떴다. 체가 두 손을 주머니에 찔러 넣고 바위 앞에 우두커니 서 있었다. 합은 귀신이라도 본 것처럼 놀라 하마터면 바위 뒤로 넘어갈 뻔했다.

"뭐, 뭐야, 너."

체가 바위 주위를 쭉 훑으며 말했다.

"새벽마다 도둑고양이처럼 어딜 몰래 나가나 했더니 여기 와 있었구만."

합은 나쁜 일을 하다가 들킨 사람처럼 당황해하며 물었다.

"여긴 어떻게 왔어? 너, 나 미행했냐?"

"왜, 미행 좀 하면 안 되냐? 같은 방 쓰는 사람이 말도 안 하고 새벽마다 몰래 빠져나가는데 너 같으면 잠만 자고 있을 수 있어?"

"뭘 몰래 빠져나가, 자는 것 같으니까 그냥 안 깨운 거지."

"됐고, 혼자 여기서 뭐 하는지나 말해 봐."

합은 쭈뼛거리며 대답했다.

"그냥, 잠이 안 와서……."

"새벽 두 시까지 공부하던 애가 초저녁부터 누워 있으니 아침잠이 올 리가 없지."

"그건 그냥 피곤하니까 그런 거고……."

체가 합의 눈을 빤히 쳐다보며 이죽거렸다.

"그냥 솔직히 말해. 너 혼자 몰래 수련하고 있는 거라고. 치
사하게."

합이 발끈해서 소리를 질렀다.

"몰래 하긴 누가 몰래 한다고. 너한테 같이 가자고 하면 니
가 싫어할까 봐 말을 못한 거지."

"내가 왜?"

"너 그 할아버지랑 상관된 말 하는 거 질색하잖아. 계룡산의
계자만 꺼내도 난리를 피우는데 내가 그 앞에다 대고 같이 수
련하자는 말을 어떻게 하나?"

"그럼 혼자서 수련하는 건 맞긴 맞네."

"그래, 맞다. 그럼 어쩔래?"

"처음부터 믿지도 않았다는 애가 이제 와서 이 수련은 왜 하
는 건데?"

"뭐 계룡산 도사니, 33일 만에 키가 장대같이 커지는 비기
니, 그런 건 믿지 않지만 수련 자체만 보면 나쁘지 않은 것 같
으니까. 그냥 기분이…… 새벽에 이거 하고 나면 하루 종일 몸
도 가뿐하고 공부할 때 집중도 잘되는 것 같고, 별로 오래 하지
도 않았는데 습관이 들어서 그런가."

합이 둘러대듯 말을 흘리자 체가 맞은편 바위 위에 똑같이

가부좌를 틀었다. 그러면서 앞으로 두 손을 척, 내밀었다.

"……?"

"니 말대로 그 영감탱이 생각만 하면 지금도 속에서 열불이 나는 게, 씨, 진짜 그 영감탱이 나한테 한번 걸리기만 해 봐. 내가 뱀이란 뱀은 다 풀어 놔서 온몸에서 피가 철철 나게 해 줄 테니깐. 근데 그 영감탱이는 영감탱이고, 이건 이거니까. 너도 나 따라서 계룡산까지 가 줬으니까 나도 같이 해 줘야지. 너 혼자 하니까 박자가 안 맞잖아. 합, 합, 합, 이게 뭐냐? 내가 있어야 합체가 완성되지."

"합체 소리 듣기 싫다고 할 땐 언제고……."

합은 구시렁거리면서도 체가 내민 손을 슬그머니 잡았다. 둘은 눈을 감고 각자 자기 이름을 번갈아 내뱉었다. 곧 여름 내 계룡산에 울려 퍼졌던 합, 체, 합, 체, 소리가 뒷산에도 똑같이 메아리치기 시작했다. 호흡이 길어지면서 약수터 주변 풍경이 차츰차츰 계룡산 구덩이로 변해 갔다.

뜨거웠던 태양, 차양 역할을 멋지게 해 주던 초록의 나무들, 은빛으로 반짝이던 바위, 마를 날 없이 솟아나던 샘물, 두 마리의 물고기가 되어 신나게 뛰어놀았던 폭포, 그리고 24일을 지낸 꿈같은 형제동굴. 합, 체는 자신들의 이름으로 산의 아침을 조용히 깨웠다.

"합, 체, 합, 체, 합, 체."

25

1조 구병진, 김신우, 박민재, 유상우, 한진수 VS 2조 김동우, 나상호, 송진헌, 오합, 오체.

순전히 제비뽑기에 의해 결성된 팀이지만 누가 보나 1조의 전력이 우세했다. 1조 조원들은 평균 키가 180센티미터에 가까운 장신들이고 그에 비해 그러잖아도 열세인 2조의 평균 신장은 합, 체 둘이서 다 깎아먹고 있었다. 재미로 하는 거면 모르지만 중간고사 실기 평가에 30퍼센트나 반영되는 것이니 대충 넘어갈 수는 없는 노릇이었다. 서로 눈치만 슬금슬금 보던 중에 나상호가 총대를 메고 일어났다.

"합, 체 중 한 명을 1조로 보내거나 아니면 처음부터 다시 팀을 짜야 하는 거 아니에요? 둘 다 우리 조에 있으면 너무 불리하잖아요."

"맞아요. 다시 짜요, 다시."

"아니면 합, 체는 그냥 깍두기로 넣어 주세요."

나상호의 진격에 힘을 얻은 나머지 애들이 포문 열듯 불만을 쏟아냈다. 조용히 듣고 있던 합, 체의 얼굴이 새빨갛게 달아올랐다. 내심 불만이 있는 줄은 알았지만 그래도 이렇게까지 공개적으로 터뜨릴 줄은 몰랐다. 2조의 날 선 공격에 1조도 가만히 당하고만 있지는 않았다. 1조는 공정하게 제비뽑기로 한 걸 다시 짜는 게 어디 있느냐며 원래대로 해야 한다고 항의하고, 2조는 눈을 부라리며 그럼 니네가 합, 체랑 같이 해 봐라, 이길 수 있나, 하며 옥신각신 소란이 계속되었다. 그때였다.

삐이익—.

체육 선생이 예의 그 호루라기를 불며 소동을 진정시켰다.

"조용, 조용, 조용. 방학 동안 하라는 공부는 안 하고 목소리만 키웠나 왜 이렇게 시끄러워. 너희들, 내 말 똑똑히 들어라. 농구는 절대 키로 하는 게 아니다. 기술과 집중력, 정신, 니들이 좋아하는 영어로 스피릿, 스피릿으로 하는 거라고. 그러니까 1조도 유리할 것 없고, 2조도 합, 체가 있다고 해서 불리할 거 하나도 없단 말이다."

아이들 사이에서 야유와 함께 피식거리는 비웃음이 터져 나왔다. 체육 시간마다 모두가 보는 앞에서 합, 체의 키를 놀리던 사람은 다름 아닌 체육 선생이었다. 노력이야 어차피 다들 하는 것이니, 운동선수로 성공하기 위해서는 적당한 체격을 가

지고 태어나는 게 가장 중요하다고 말한 사람도 체육 선생이
었다. 그런데 오늘은 자기가 했던 말을 기름 두른 빈대떡 뒤집
듯 뒤집는 것이었다. 체육 선생은 합, 체와 시선을 맞추며 목소
리를 높였다.

"그리고! 너희가 그렇게 말하면 합체가 얼마나 서운하겠냐.
같은 반 친구들끼리 그러는 거 아니다. 합체가 키가 작고 싶어
서 작은 게 아니잖아."

그 말에 딴청을 피우고 있던 여자애들까지 어우, 하며 합,
체에게 동정 섞인 눈길을 보냈다. 체는 실실 웃고 있는 체육 선
생의 입을 힘껏 비틀어 버리고 싶었다. 아무리 생각해도 전생
에 원수였던 게 분명하다.

"자, 이젠 더 이상 불만 없는 거지? 그럼 주번이 뒷정리하고
해산."

삐이익―.

합, 체는 이어폰을 한쪽씩 나눠 끼고 집으로 걸어갔다. 수련
외에 계룡산에서 들여온 또 다른 습관은 매일 네 시 펀펀 라디
오를 듣는 것이었다. 디제이의 쾌활한 목소리와 함께 시그널
음악이 흘러나왔다.

안녕하세요, 오늘도 펀펀 라디오를 찾아 주신 청취자 여러분.

디제이가 인사를 하는데 합이 깊은 한숨을 내쉬며 말했다.

"아 진짜, 내일 농구 시합 어떻게 하지?"

"뭐가?"

"중간고사에 30점이나 들어간다는데 걱정도 안 되냐?"

"별로. 어차피 다른 과목도 다 망했는데 뭐."

이번 주도 어김없이 앗, 세상에 이런 일도 시간이 돌아왔는데요, 오늘 소개해 드릴 사연은 서울시 양천구에서 유성민 씨가 보내 주신 이야기입니다. 아마 오늘 방송을 듣고 놀라시는 분들 많을 겁니다. 저희 제작진도 이분 사연을 받고 정말 깜짝 놀랐거든요. 여름에 소개해 드렸던 사연에 대한 일종의 비화라고 할 수 있을 것 같은데, 그럼 지금 바로 사연을 읽어 보도록 할까요?

"자랑이다. 그래도 넌 골이라도 잘 넣지, 나는 잘 뛰지도 못해, 잘 넣지도 못해. 진짜 큰일 났다. 체육 때문에 평균 다 깎아 먹게 생겼어."

"잘 넣으면 뭐 하나. 애들이 아예 패스를 안 해 주는데. 그리고 너도 내가 농구 강습 해 줬잖아."

"그거 잠깐 했다고 뭐가 달라지냐, 일단 체력부터가 꽝인데."

"알긴 아네."

안녕하세요, 지니 누나. 오랫동안 망설이다가 이렇게 제 이야기를 보내게 되었습니다. 8월 중순이었던가요? 그날 방송을 들으신 분들은 아마 다들 기억하실 겁니다. 산에서 만난 괴짜 할아버지에 대한 사연을 보내신 순경 아저씨요. 그때는 순경 아저씨나 지니 누나나 다들 계룡산 이야기를 믿지 않는 분위기였잖아요. 그런데요, 아, 좀 떨리네요. 그런데 제가 그 계룡산에 다녀온 장본인입니다.

"야, 잠깐만, 소리 좀 키워 봐."

"왜?"

"못 들었어? 지금 계룡산이라고 했잖아."

"뭐?"

체는 얼른 볼륨을 높였다.

놀라셨죠? 어떻게 말을 해야 할지 모르겠는데 벌써 오 년이나 지났네요. 이야기는 제가 수능을 본 그날 오후부터 시작됩니다. 고등학교 때 저는 전교 상위권을 다투며 명문대에 입학할 거라는 기대를 한 몸에 받던 우등생이었습니다. 저도 좋은 대학에 갈 수 있을 거라는 확신을 하며 아주 자신만만한 상태였죠. 그러나 수능 당일, 저는 언어 영역 하나만 풀어 놓고 고사장을 뛰쳐나와 버렸습니다. 무슨 이유에서인지 손에 땀이 차고 머릿속이 캄캄해져 문제의 반도 못 풀고 시험지를 냈거든요. 고사장을 뛰쳐나와서 한참을 돌아다닌 저는 처음 가 본 어느 동네의 산에 올랐습니다. 나무들이 많더군요. 저는 천천히 허리띠를 풀었습니다. 그대로 나무에 목을 맬 생각이었죠. 그런데 나뭇가지에 허리띠를 걸고 막 목을 집어넣으려는 순간 갑자기 누군가가 제 등을 확 밀치는 겁니다. 그 바람에 저는 허리띠에 매달려 바닥으로 쓰러졌고 나뭇가지도 함께 뚝, 부러져 버렸습니다. 저를 때린 사람은 한 할아버지였습니다. 그런데 보통 할아버지는 아니고, 그 추운 겨울에도 태권도 도복 같은 옷 하나만 걸치고 있는 좀 이상한 할아버지였습니다. 저한테 죽으려면 혼자 죽지 불쌍한 나무한테까지 상처를 입혔다고 어찌나 소리소리 지르시던지 그때는 정말 서러워서 눈물이 핑 돌더군요. 어떻게 하다 저는 그 할아버지와 함께 벤치에 나란히 앉았고 저는 유언을 남긴다는 심정으로 제 이야기를 할아버지께 모두 털어놓았습니다. 제 말을 들은 할아버지는 자신이 계룡산에서 도를 닦은 계도사라고 소개하며 자신이 수련을 했던 시간동굴이라는 곳에 대해 이야기해 주셨습니다. 너무 긴 이야기라서 여기서 다 설명할 수는 없지만 핵심은 그곳에서 자기가 일러주는 대로 33일간 수련을 하고 나오면 시간이 돌아가고 싶은 때로 돌아가 있을 거라는 얘기였습니다. 말도 안 되죠? 그런데 전 그 말도 안 되는 말을 믿고 당장 은행에서 돈을 뽑아 대충 필요한 물건들만 사 가지고 계룡산으로 향했습니다. 그리고 몇 시간을 헤맨 끝에 간신히 그 시간동굴이란 곳을 찾게 되었죠. 저도 그전까지는 반신반의했지만 동굴까지 찾게 되니 그 할아버지 말에 확신이 가더군요.

수련이라고는 했지만 정말 별거 없었습니다. 일어나고 싶은 때에 일어나서, 먹고 싶은 때에 먹고, 사람들과 마주치지 않는 범위 내에서 마음껏 돌아다니다가, 잠이 오면 실컷 자라는 겁니다. 그게 무슨 수련이냐고 따졌더니 뭐라더라, 그렇게 하면 체내의 시간이 자연의 흐름과 같아지면서 물이 되고, 변화무

쌍한 물이 되면 시간도 거슬러 올라갈 수 있다면서…… 아무튼 이런 내용이었는데 자꾸 토 달지 말라고 화를 내시더군요. 어찌나 말을 잘하시는지 사람들이 사이비 종교에 어떻게 빠지게 되는지 좀 알 것 같았습니다.

어쨌든 저는 수련 아닌 수련을 하면서 계룡산 동굴에서 33일을 견뎌 냈습니다. 춥고, 배고프고, 무섭고…… 처음 며칠간은 정말 단군신화에 나오는 곰이라도 된 것 같았습니다. 그런데 무서운 것도 잠깐이고 이상하게 들리겠지만 시간이 흐를수록 마음이 점점 편해지더군요. 아무도 없는 곳에서 혼자만 있으니 골치 아픈 이야기도 안 들리고, 그러다 보니 다른 사람이 아닌, 저 자신에 대해서 많은 생각을 하게 되었습니다. 물론, 이건 나중에 되돌아보았을 때 느낀 거지만요.

저는 그렇게 동굴에서 33일을 보내고 계룡산을 내려왔습니다. 처음에는 시간이 되돌려졌는지 아닌지 알 수가 없었죠. 계룡산을 다 빠져나오니 매점이 보였고 그 앞에 신문 가판대가 있었습니다. 저는 가슴을 졸이며 신문의 날짜를 살폈습니다. 어땠을 것 같나요? 시간이 돌려졌을 것 같나요? 그럴 리가요. 신문에는 정확히 12월 15일이라는 날짜가 적혀 있었고 1면에는 수능 성적표가 발송됐다는 기사가 실려 있었습니다. 성적표를 받고 엎드려 있는 학생의 사진과 함께요. 그런데 정말 이상한 게요, 속았다는 걸 알면서도 화가 난다거나 다시 죽고 싶다거나 하는 생각이 전혀 들지 않았다는 겁니다. 왠진 모르지만 이상하게 후련한 기분까지 들더군요.

집에 돌아가니 부모님은 제가 죽었다고 생각하고 경찰 수사까지 의뢰한 상태였습니다. 누군가에게 납치를 당해 은행에서 돈을 뽑아 주고 죽음을 당했다고 생각하신 거죠. 부모님은 제가 죽었다가 살아온 것마냥 저를 부둥켜안고 엉엉 우셨습니다. 수능을 망쳐서 기분 전환으로 여행을 갔다 왔다고 하니 부모님은 그깟 수능은 안 봐도 되니 건강하게 살기만 하라고 하시더군요. 1점만 떨어져도 안달복달하시던 분들이 그깟 수능이라고 말하다니……. 저는 그날부터 다시 공부를 시작했습니다. 수능 시험을 못 보면 세상이 다 끝난다고 생각했는데 시험은 정확히 일년 후에 또 있었습니다. 정말 시간이 되돌아간 것처럼. 다행히 두 번째 시험에서는 실력 발휘를 해 지금은 원하던 대학에 잘 다니고 있습니다.

할아버지가 제정신이 아닌 상태에서 그런 말씀을 하셨다고 했는데요. 뭐 그건 저에겐 별로 중요한 문제가 아닙니다. 왜냐하면 저는 이렇게 믿고 있기 때문입니다. 비록 세상의 시간이 진짜 되돌아간 건 아니지만 그날, 죽지 않고 동굴로 들어가 다시 살 결심을 한 것으로 제 시간만큼은 돌려졌다고요.

이번 여름에도 동굴에 간 사람들이 있다고 하셨는데 어떻게 됐을지 궁금하네요. 만약에 지금 라디오를 듣고 있다면, 계룡산 동지들, 모두 잘 다녀왔나요?

야, 이건 정말 생각지도 못한 일이죠? 계룡산 이야기도 다

거짓말인 줄 알았는데 정말 갔다 온 분들이 있다니, 이거야말로 정말 앗, 세상에 이런 일도네요. 사연 보내 주신 유성민 씨 정말 감사드리고요, 저도 궁금합니다. 이번에는 그 동굴에서 어떤 분들이 무슨 수련을 받고 나오셨는지, 만약 이 방송을 듣고 계시다면 저희에게 사연 한 번만 보내 주세요. 그럼 유성민 씨가 청해 주신 신청곡 듣겠습니다.

"거기, 앞에 비켜요."

합, 체가 길을 막고 서 있자 뒤에서 오던 자동차가 클랙슨을 빵빵, 울려 댔다. 합, 체는 차가 지나갈 수 있게 담벼락에 등을 바짝 밀착시켰다. 이어폰에서 나오는 음악과 차의 엔진 소리가 얽혀 귓속이 시끄럽게 울려 댔다. 차가 지나간 지 한참이 됐는데도 합, 체는 벽에 계속 붙은 채 아무 말이 없었다. 눈은 초점 없이 먼 곳을 향해 있고 아래턱은 호두까기 인형처럼 툭 떨어져 있었다. 합이 입안에 가득 고인 침을 꿀꺽 삼키며 체에게 물었다.

"뭐지?"

체의 눈은 먼 곳보다 더 먼 곳을 바라보고 있었다.

"몰라."

26

구병진은 양손을 허리에 올리며 삐딱하게 섰다. 체도 질세라 팔짱을 끼고 한쪽 다리를 건들거렸다. 구병진은 콧김을 픽, 내쉬어 앞머리를 뒤로 넘겼다. 체도 지지 않고 콧방귀를 팽, 뀌었지만…… 구병진처럼 바람에 흩날릴 앞머리가 없었다. 체는 당황하지 않고 있는 힘껏 턱을 쳐들었다. 뒤꿈치도 살짝 들어 올릴까 했지만 그만두고 대신 눈을 치켜떴다.

펄럭.

어디선가 불어온 바람이 낮잠 자던 태극기를 일으켜 세웠다. 바싹 마른 가을바람이 구병진과 체 사이를 스치는 순간, 불꽃을 숨기고 있던 가랑잎이 화르륵 타오를 것 같았다. 한참 동안 체를 내려다보던 구병진은 일부러 여유로운 모습을 보여주려는 듯 옆에 선 김신우에게 귓속말을 했다. 김신우는 체를 위아래로 쭉 훑더니 다시 구병진에게 뭐라 속삭였다. 그러나 귓속말치고는 너무 커 대놓고 들으라는 거나 마찬가지였다.

오늘 진짜 난쏘공 좀 보겠는데.

할 수 있음 해 보라고 해. 다 걷어차 줄 테니깐.

체의 불타는 가슴에 마른 바람이 또 불어왔다.

"페어 플레이 하자는 약속으로 앞에 사람이랑 악수 한 번 한다. 실시! 거기, 너희는 안 하고 뭐 해?"

못 들은 척 딴청을 피우고 있던 체와 구병진은 체육 선생의 성화에 할 수 없이 손을 잡았다. 구병진이 체의 팔을 심하게 뒤흔들며 빈정거렸다.

"잘해 봐라."

체도 엄지로 구병진의 손을 꽉 조이며 대답했다.

"너도."

둘은 마주 보고 씨익 웃는가 싶더니 누가 먼저랄 것도 없이 손을 내던져 버렸다.

"전반, 후반 이십 분씩, 휴식시간은 오 분이다. 골 넣는 사람은 1점씩 추가 점수 있다는 거 잊지 말고. 그럼 경기 시작. 삐이익—"

호루라기 소리와 동시에 하늘로 날아오른 구병진이 잽싸게 공을 낚아챘다. 벤치에서 응원 겸 구경을 하고 있던 여자애들이 비명 섞인 환호를 내질렀다. 구병진은 패스 한 번 없이 그대로 골대까지 치고 나가 단번에 레이업 숏을 날렸다.

"출렁."

공은 허물 벗는 알맹이처럼 부드럽게 그물을 빠져나왔다. 이야아아. 첫 골에 흥분한 1조 아이들이 보란 듯이 가슴을 부딪는 세레모니를 펼쳤다. 이번엔 2조의 공격. 팀의 에이스 김동우가 공을 잡고 앞서 뛰어나갔다. 김동우는 나상호와 패스를 주고받으며 수비수들을 따돌리고 골대를 향해 슛을 쐈다. 그러나 골대에 맞고 떨어져 버리는 공. 골 밑 리바운드 경쟁이 치열했다. 덩치가 가장 큰 송진헌이 힘으로 다른 애들을 누르고 간신히 골을 성공시켰다.

"2대 2."

1조가 반대편 골대를 향해 속공을 펼치자 2조는 골 세레모니를 할 새도 없이 그 뒤를 바쁘게 따라갔다. 김신우가 유상우에게 패스, 수비수 두 명에게 막힌 유상우는 다시 한진수에게 패스, 한진수가 골대 위로 힘겹게 팔을 뻗어 공을 집어넣었다.

"4대 2."

1조와 2조는 서로 한 번씩 공격과 수비를 번갈아 하며 양쪽 골대를 왔다 갔다 했다. 한 자리 수이던 점수가 어느새 두 자리 수로 넘어갔고 그럴수록 양 팀의 신경전도 팽팽해졌다. 체육 선생이 보지 않는 틈을 타 상대편의 옷을 몰래 잡아당기거나 공과 뒤섞여 바닥에 쓰러질 때는 팔꿈치로 상대방의 등을 꾹, 짓누르기도 했다. 습기 하나 없는 선선한 가을. 그러나 금세 이마로, 목으로 땀이 차올랐다. 벤치에서는 어느새 편이 갈려 응원전도 치열했다. 양 팀의 에이스 구병진과 김동우의 이름을 부르는 소리가 가장 컸다. 간간이 김신우와 송진헌의 이름도 들렸다. 그러나 합, 체를 부르는 사람은 아무도 없었다.

합, 체는 발바닥에 불이 날 듯 뛰어 다녔다. 평소에는 시작과 동시에 가쁘게 숨을 몰아쉬던 합도 오늘은 다른 아이들에게 뒤처지지 않고 제법 공을 잘 따라다녔다. 그러나 마냥 뛰어다니기만 했지 공다운 공은 아직 한 번도 만져 보지 못했다. 짧은 패스를 할 기회는 한두 번 왔다. 그러나 슛을 던지기 위한 자리에서는 아무도 공을 패스해 주지 않았다. 체가 공을 달라고 아무리 소리쳐 봐도 2조 조원들은 못 들은 척 자기들끼리만 공을 돌렸다. 바로 옆에서 불러도 눈길 한 번 주지 않고 무시하는 게 거의 투명인간 수준이었다. 2조의 내분을 틈타 1조는 공격을 강화했고 어느새 두 팀의 점수 차는 7점까지 벌어졌다.

"전반전 끝. 오 분 휴식."

1조는 여유롭게 음료수를 들이켜며 파이팅을 외쳤다. 그에 반해 2조의 분위기는 우울했다. 예상 외로 선전하기는 했지만 체력이 떨어지는 후반전에 들어서는 점수 차가 더 벌어질 게 뻔했다. 2조에서 점수를 내지 못한 사람은 합, 체 둘뿐이었다. 지난번처럼 대놓고 합, 체에게 불평을 늘어놓는 사람은 없었다. 그러나 얼굴을 푹 숙인 채 한숨을 쉬는 게 둘에게 보내는 암묵적인 시위였다. 너희만 아니었으면 이 정도로 끌려가진 않았을 텐데. 아이들 눈치를 살피던 체가 합을 뒤로 불러내어 속삭였다.

"힘드냐?"

"아니, 옛날에는 제대로 뛰지도 못했는데 오늘은 이상하게 힘이 남네."

"그치? 아직 다른 애들은 모르는 것 같은데 내가 보기엔 너 좀 달라졌어."

"왜 그러지? 새벽마다 수련을 해서 그런가?"

"모르지. 아무튼 후반전은 아직 힘이 남아 있는 우리가 나서서 꼭 이겨야 돼."

"자신 있어?"

"없어도 있어야지."

두 편으로 나뉜 벤치에서 윤아는 2조 응원 쪽에 앉아 있었다. 누구를 응원하는지는 알 수 없지만 아무튼 2조인 건 확실했다. 체는 그거라도 충분하다고 생각하며 헐거워진 운동화 끈을 단단히 매었다. 합도 따라서 운동화 끈을 매고 양말을 당겨 올렸다. 호루라기가 다시 울리면서 후반전이 시작되었다.

"삐이익—."

이번에도 구병진이 속공으로 달려가 슛을 던졌다. 그러나 너무 급하게 던진 탓에 거리가 짧아 골대에 채 닿지도 못했다. 벤치에서 야유가 터져 나왔다.

"하여튼 골 욕심만 많아서. 거기서 패스를 해야지 슛을 하면 어떡하냐."

떨어지는 공을 송진헌이 낚아채서 쏜살같이 반대편 골대로 뛰어갔다. 그러나 반도 가기 전에 1조 수비수가 두 명이나 쫓아와 앞을 가로막았다. 그대로 슛을 던지기에는 무모한 위치였다. 등으로 수비수를 막아 내며 패스할 사람을 찾았지만 나상호, 김동우 모두 수비수들에게 둘러싸여 있었다. 그때 누군가가 뒤편에서 손을 올리며 외쳤다.

"송진헌, 패스, 패스."

체였다. 체가 뒤쪽으로 물러서며 빨리 공을 던지라고 재촉하고 있었다. 송진헌은 누구 다른 사람 없나, 하며 주위를 두리번거렸지만 체를 제외하고 패스할 만한 사람은 보이지 않았다.

"빨리, 빨리. 아, 진짜. 패스 좀 해 줘."

체는 두 손을 휘이휘이 흔들어 가며 송진헌의 시선을 끌었다. 수비수가 한 명 더 붙고 더 이상 지체할 시간이 없자 송진헌은 에이, 모르겠다 그렇게 자포자기한 얼굴로 체에게 공을 던졌다. 공이 체에게 옮겨 가는 급박한 순간, 그러나 송진헌에게 둘러붙어 있던 수비수들은 갈 것도 없다는 듯 느릿느릿 체에게 달려왔다. 체는 그 애들이 오기 전 두 손으로 공을 탁 붙들었다.

한 손으로 잡기에는 불편하고 두 손으로 잡을 때 꼭 들어맞는 느낌이었다. 순간, 아버지가 오래 전에 해 주었던 이야기가 떠올랐다.

……한 이 정도? 너무 커서도, 너무 작아서도 안 돼. 두 손

240

에 딱 잡힐 만큼의 크기, 그게 좋은 공이지. 물론 어깨는 조금 많이 벌려도 좋아. 하지만 자기 두 손이 감당할 수 없을 정도로 큰 공이거나 아니면 두 손을 쓸 필요도 없이 한 손에 움큼 들어오는 공은 그다지 좋은 공이 아니란다.

체는 농구공을 들고 공중으로 풀쩍 뛰어올랐다. 공은 무겁고 귀찮은 느낌이 아니라 내가 여기 있다는, 그런 존재감을 더 살아나게 해 주었다.

……무게도 마찬가지야. 너무 무거워서도, 너무 가벼워서도 안 돼. 공을 들었을 때 내가 이 공을 들고 있구나, 하는 느낌, 그 정도의 느낌이 이상적인 무게지. 그 공을 드느라 움직이지도 못할 정도면 절대 좋은 공이라 할 수 없고, 또 반대로 공을 들었는지 안 들었는지, 그래서 잃어버려도 느낄 수 없을 정도로 가벼운 공이라면 그것 역시 안 좋은 공이야.

체는 골대를 향해 가볍게 공을 밀어냈다. 군더더기 없이 깨끗한 포즈, 수천 번도 넘게 혼자 연습한 것이었다. 공은 뒤에서 밀어 주는 힘을 받고 자기 혼자 빙글빙글 잘 돌아갔다. 그리고 골대 안으로,

출렁.

"이야아아아."

체의 첫 득점에 벤치에 앉아 있던 아이들 사이에서 환호성이 쏟아졌다. 2조 아이들이 뛰어와 체의 엉덩이를 툭툭 두드리며 뛰어갔다. 체는 갑자기 진짜 농구 선수가 된 듯한 기분이 들

었다. 동료들끼리 엉덩이를 툭툭 두드려 주는 것, 농구 경기를 보면서 가장 부러워한 장면이었다.

한 번에 4점 차로 따라붙으며 2조의 사기가 높아지자 1조는 총공세를 펼쳤다. 구병진이 공격을 이끌며 폭격을 하듯 2조의 골대에 공을 던져 댔다. 그러면 2조는 또 질세라 리바운드를 잡아 반격에 나섰다. 그사이 부상자도 나왔다. 1조 박민재가 공을 잡고 착지하면서 넘어져 있던 2조 나상호의 손을 밟아 버린 것이다. 악, 하는 소리와 함께 잠시 경기가 중단됐지만 나상호는 괜찮다며 옷을 훌훌 털고 일어났다. 그러면서 박민재를 힐끗 노려보았다. 박민재는 자기도 어쩔 수 없다는 듯 어깨를 으쓱했다. 1조와 2조 사이에 미묘한 긴장감이 흘렀다.

두 조의 공격과 수비가 이어졌지만 4점의 점수 차는 바위에 꽂힌 엑스칼리버처럼 꼼짝하지 않았다. 32대 28. 이제 엑스칼리버를 뽑을 시간은 겨우 삼 분밖에 남지 않았다.

구병진이 공을 튀기며 골대로 뛰어가자 체가 얼굴이 뻘게져라 뛰며 뒤에 착, 달라붙었다. 구병진은 다리 사이로 공을 바운딩하며 체에게 말했다.

"그거 하나 넣었다고 기가 살았냐? 어쩌다 한 번 넣은 것 가지고."

체는 대꾸하지 않고 구병진의 손바닥 밑에서 튕겨지는 공만 뚫어져라 응시했다.

"이런다고 니가 나한테 될 것 같냐? 웃기지 마."

구병진이 말을 계속할수록 공의 움직임이 점점 느려졌다.

"더 쪽팔리기 전에 그만……."

그때였다. 체가 구병진이 방심한 틈을 타 잽싸게 공을 낚아챘다. 공은 용수철 줄이라도 달린 듯 체의 손안으로 쑥 빨려 들어갔다. 체는 구병진을 등지고 뛰어가면서 외쳤다.

"넌 말이 너무 많아. 입으로 농구하냐."

당황한 구병진이 체의 옷자락을 잡아끌며 늘어졌다. 체는 더 뛰어갈 것도 없이 옷이 잡힌 채 그대로 공을 던졌다.

출렁.

"와아아아아, 또 3점 슛이야."

아까와는 비교도 할 수 없을 정도로 큰 환호가 쏟아져 나왔다. 일 분밖에 남지 않은 절망적인 순간에, 점수 차를 1점으로 줄이는 결정적인 슛. 1조 선수들은 허탈한 얼굴로 출렁이는 그물망만 올려다보았다. 체는 2조 아이들과 손뼉을 치며 구병진을 스쳐 지나갔다. 일그러진 얼굴이 그물에 걸린 죽은 생선 같았다.

"49, 48, 47."

아이들이 벤치 위에서 깜박거리는 전자시계를 보며 한 목소리로 남은 시간을 외쳤다. 어느새 운동장에서 다른 수업을 하던 2학년 학생들까지 몰려와 응원전에 가세했다. 이제 45초. 역전을 꿈꿔 볼 수도 있는 시간이지만 무모하게 공격을 했다가는 도리어 점수 차가 더 벌어질 수도 있었다.

공격권을 가진 1조는 이대로 승리를 굳히겠다는 듯 슬렁슬렁 패스를 했다. 시간을 끌기 위해 저희끼리 한 명 한 명에게 차례로 공을 던지며 2조의 약을 올렸다. 그때, 유상우가 한진수에게 던지는 공을 김동우가 중간에서 확 가로챘다. 순식간에 벌어진 일. 김동우는 공을 튀기며 재빨리 골대로 뛰어갔고 그 뒤를 1조 2조 할 것 없이 우르르 따라갔다. 황야의 벌판에 한 무리의 말떼가 지나간 것처럼 뿌연 흙먼지가 일어났다.

"31, 30, 29."

김동우에게 수비수가 두 명이나 달라붙었다. 조금만 방심했다가는 자기가 했던 대로 공을 빼앗길 수도 있는 노릇이었다. 김동우는 서두르지 않고 침착하게 몸을 낮추고 빈틈을 찾았다. 몸을 낮춘 그 작은 틈으로도 시간은 계속해서 흘러가고 있었다.

"20, 19, 18."

김동우가 한쪽 팔을 쭉 펴서 수비수들의 접근을 막은 채 몸을 돌리는 순간, 체가 수비수를 뚫으며 오른쪽에서 달려오고 있었다. 김동우는 얼른 체에게 공을 던졌다. 체는 공을 받아 내는 동시에 점프를 했다.

손에 달라붙는 공의 크기, 가볍지도 무겁지도 않은 무게, 익숙한 높이, 적당한 팔의 각도. 또 느낌이 왔다. 이대로 던진다면 분명히 3점. 체는 망설이지 않고 그대로 공을 쏘았다. 그런데 바로 그때, 뒤에서 달려온 구병진이 체의 손끝을 툭 건드렸다.

비틀.

체의 자세가 살짝 흔들렸다. 그러나 공은 이미 손을 떠난 뒤였다. 둥근 포물선을 만들며 골대로 향하는 붉은 공. 달로 날아간 아폴로 우주선을 보는 것처럼 운동장에 있던 모든 사람들이 숨을 죽이고 공을 좇는데, 천천히, 천천히, 달에 착지할 것 같은 우주선. 그러나,

터엉.

공은 골대에 맞고 빈 소리를 내며 떨어지고 말았다. 구병진이 어깨를 밀치고 달려가자 체는 비틀거리며 뒤로 떠밀렸다. 공이 낙하하는 그 짧은 장면이 슬로 모션으로 길게 늘어지면서 아버지가 마지막에 덧붙인 말이 귓가에 울렸다.

그러나 합, 체야, 좋은 공이 가져야 할 조건 중에서 가장 중요한 건 말이다…….

체는 희미한 목소리를 잡기 위해 기억을 되살려 보았다.

가장 중요한 게 뭐였지?

얼떨떨해 있는 체를 빼고 아홉 명의 선수들이 한꺼번에 골대 아래로 뛰어갔다. 땅바닥에 맞은 공이 힘차게 다시 하늘로 튀어 오르는 순간, 골대 밑을 지키고 있던 합이 얼떨결에 농구공을 잡아 들었다. 합은 공을 잡고서도 어떡해야 할지 몰라 주위만 두리번두리번거렸다. 1조 아이들이 공을 빼앗기 위해 득달같이 손을 뻗쳐 합에게 달려들고 있었다. 겁이 난 합은 아무한테나 공을 줘 버리고 싶었다. 그때였다.

"합!"

등 뒤에서 체의 목소리가 들렸다.

"빨리, 떨어져도 다시 튀어 오르니까, 빨리."

체의 외침을 들은 순간, 합이 그 자리에서 공중으로 풀쩍 뛰어올랐다. 쇠스랑을 찬 듯 무거웠던 다리. 그런데 순간 중력을 이겨 낸 것처럼 발이 가벼워졌다. 계룡산에서 하늘로 풀쩍풀쩍 뛰어올랐을 때의 느낌이 되살아나고 있었다. 바닥으로 끌어당기던 모든 방해물들이 사라지면서 합은 높이, 더 높이 솟아올랐다.

시끄러운 함성, 운동장의 흙먼지, 펄럭거리는 태극기, 호루라기를 입에 갖다 대는 체육 선생. 그 모든 게 하얗게 지워지고 오직 골대 하나만 보였다. 합은 잡고 있던 공을 가볍게 툭, 밀어냈다. 손끝에서 튕겨져 나간 공은 작은 포물선을 만들며 골대 위로 올라갔다. 공을 떠나보낸 합은 사뿐히 땅에 착지했다.

투욱.

땀 한 방울이 바닥으로 떨어졌다. 그제야 운동장 풍경이 색을 입고 다시 살아 움직였다. 두 손으로 입을 가린 채 조마조마한 눈을 하고 있는 응원석, 더는 할 수 있는 게 없어 멍하니 공만 바라보는 양 선수들, 소리가 사라져 버린 운동장, 깜박이는 전자시계. 공은 골대 위에서 멈추었다.

빙그르르 몇 바퀴를 도는 작은 세계.

"3! 2! 1!"

출렁.

"삐익. 32대 33, 2조 역전."

와아아.

운동장으로 거대한 파도가 밀려오는 듯한 소리가 들렸다. 2조 아이들이 부둥켜안고 합, 체, 합, 체라고 외치자 구경을 하던 다른 반 아이들도 일제히 합, 체의 이름을 연호했다.

"합, 체, 합, 체, 합, 체!"

함성은 곧 합체, 합체, 합체, 하는 소리로 붙어 담장 너머까지 울려 퍼졌다.

에필로그

합, 체는 헐레벌떡 학교로 뛰어갔다. 딱 세 게임만 하려던 것이 다섯 게임, 일곱 게임으로 늘어나면서 등교 시간이 늦어지고 말았다. 춘추복으로 바꿔 입은 첫날, 체육 선생이 교문 앞에 서서 복장이 불량한 아이들을 잡아내고 있었다.

"머리가 이게 뭐야. 이젠 여자애들처럼 머리도 묶고 다니겠구만."

"넌 이게 교복이냐 미니스커트냐. 다 큰 기집애가 왜 엉덩이를 까고 다녀."

"너 이 자식, 교복 넥타이는 어디다 버려 두고 아버지 걸 매고 왔어? 내가 이런 거에 속을 줄 알았냐."

합, 체가 급히 교문으로 들어서는데 체육 선생이 둘을 불러 세웠다.

"합체! 이리 와 봐."

합, 체는 머뭇거리며 체육 선생 앞에 섰다.

"왜요?"

"왜요? 선생이 부르는데, 왜요? 교복 꼴을 보고도 왜요 소리가 나오냐?"

머리도, 명찰도, 넥타이도, 모두 완벽했다.

"빠뜨린 거 없는데요."

체육 선생은 들고 있던 회초리로 체의 머리를 탁 내리치며 말했다.

"뭐가 빠뜨린 게 없어? 너네는 서로가 거울인데 오늘은 거울도 안 보고 나왔냐. 둘 다 바지가 발목에도 안 오는데 어디서 모른 척을 해, 어? 누가 너희 맘대로 교복을 칠부바지로 줄여 입으래?"

"?"

"내일 아침까지 원상복구해서 검사 맡는다, 알겠냐?"

"……."

"어쭈, 이것들이 대답을 안 해?"

"……."

"이 자식들이, 왜 대답은 안 하고 실실 웃어."

계절은 가을이었고, 바람은 상쾌했고, 하늘에는 누가 쏘았는지 모를 빛나는 공이 어제에 이어 오늘도, 오늘에 이어 내일도 쉬지 않고 튀어 오르고 있었다.

재미있는 이야기를 쓰고 싶었다.

여름, 비밀스런 지도 한 장으로 떠나는 기차 여행, 사람이라곤 아무도 없는 넓게 트인 벌판, 그리고 현실에 얽매이지 않으면서 판타지로 도망가지 않는 아이들.

『합★체』는 내용을 바꿔 가며 여러 번에 걸쳐 쓴 소설이다. 다른 이야기도 여러 편 시도를 해 보았지만 완결을 낸 것은 『합★체』뿐이었다. 재미있는 이야기를 쓰겠다고 했지만 정작 끝이 보이지 않는 작업은 재미보다는 답답함을 더 많이 가져왔고, 잠깐의 성취감 뒤에는 어김없이 긴 좌절감이 따라다녔다. 그래서 책이 나오면 마냥 홀가분하기만 할 줄 알았는데 막상 일을 다 끝내고 나니 시원한 마음 옆에 서운한 마음이 나란히 서 있다. 꼭 졸업을 하는 것 같다.

『합★체』를 수상작으로 뽑아 주신 오정희, 박상률, 김중혁, 김종광 심사위원 선생님들, 책이 나오기까지 오랫동안 도와주신 김태희 팀장님과 사계절출판사 분들, 조언과 격려를 해 주신 원종찬 선생님께 진심으로 감사드린다.

모험이 부족한 세상이다.『합★체』를 읽고 난 뒤 합, 체와 함께 여행을 다녀온 것 같은 기분이 든다면 바랄 것이 없겠다.

다음번엔 더 재미있는 이야기를, 더 잘 쓰고 싶다.

2010년 여름
박지리

↳ 사계절 청소년문학 유튜브 호호책방
　『합★체』편 보기

합★체

2010년 8월 27일 1판 1쇄
2024년 4월 30일 1판 15쇄

지은이 박지리

편집 김태희, 박찬석, 김태형 | **디자인** 권지연
제작 박홍기 | **마케팅** 이병규, 김수진, 강효원 | **홍보** 조민희

출력 블루엔 | **인쇄** 코리아피앤피 | **제책** J&D바인텍

펴낸이 강맑실
펴낸곳 (주)사계절출판사 | **등록** 제406-2003-034호
주소 (우)10881 경기도 파주시 회동길 252
전화 031)955-8588, 8558 | **전송** 마케팅부 031)955-8595　편집부 031)955-8596
홈페이지 www.sakyejul.net | **전자우편** literature@sakyejul.com
블로그 blog.naver.com/skjmail | **페이스북** facebook.com/sakyejulteen
인스타그램 instagram.com/sakyejul_teen

ISBN 978-89-5828-500-7 44810
ISBN 978-89-5828-473-4 (세트)